알버스 퍼시벌 울프릭 브라이언 덤블도어 교수

엘리자베스 버크

장갑을 낀 신원 미상의 마법사

사과 옆에서 잠을 자는 신원 미상의 교장

캐도간 경

(표지) 피델리 언더클리프 교수 (옆쪽) 뚱뚱한 여인
(위) 배질 프론작 교수

호그와트의 그림들

The Paintings of

HOGWARTS™

호그와트 마법학교에 전시된

걸작 회화 안내

Harry Potter™

해리포터

마법 장소 금고

MAGICAL PLACES *from the Films*

Harry Potter™

해리포터

마법 장소 금고

MAGICAL PLACES *from the Films*

호그와트, 다이애건 앨리, 그 외의 곳들

조디 리벤슨 지음

고정아 옮김

문학수첩

차 례

들어가는 글

〈해리 포터〉 영화 속의 마법 세계는 신기하고 놀랍지만, 그러면서도 정말로 이 세상 어딘가에 있을 것만 같다. 고블린이 일하는 은행에서 계단이 움직이는 성, 빗자루를 타고 날아다니며 공을 치는 스포츠, 조개껍데기로 만든 오두막까지 우리는 한 소년을 따라서 이전까지 세상에 있는 줄도 몰랐던 새롭고 놀라운 장소들을 여행하고, 그가 그러듯 그 세계의 진실성과 신뢰성을 빠르게 인정하게 된다.

신뢰성을 살리는 일은 J.K. 롤링의 마법 세계를 영화로 옮기게 된 프로덕션 디자이너 스튜어트 크레이그에게 가장 중요한 과제였다. 일을 시작하면서 질문 목록을 만든 크레이그는, 원작자와 처음 만났을 때 그 질문들에 대한 답을 받았다. 롤링은 종이 위에 펜으로 호그와트와 그 주변, 호그스미드와 호수, 퀴디치 경기장, 금지된 숲, 되받아치는 나무까지를 포함한 지도를 그려주었다. 크레이그는 "그 단순한 지도에 모든 것이 들어 있었어요. 최종적 권위를 지닌 자료였죠. 10년 동안 계속 그것을 참고해서 작업했어요"라고 밝혔다.

크레이그는 교실과 기숙사 등의 장식을 위해 세트 장식가 스테파니 맥밀란을 불렀다. 맥밀란이 이끄는 팀은 필요한 가구와 소품을 벼룩시장과 골동품 상점에서 사고, 극단에서 빌리고, 종종 직접 만들기도 했다. 그들은 편물 기술자를 불러서 위즐리 가족의 촌스러운 침구를 만들고, 의상 팀과 협력해서 호레이스 슬러그혼 교수의 의자 커버와 잠옷 천을 만들었다. 맥밀란은

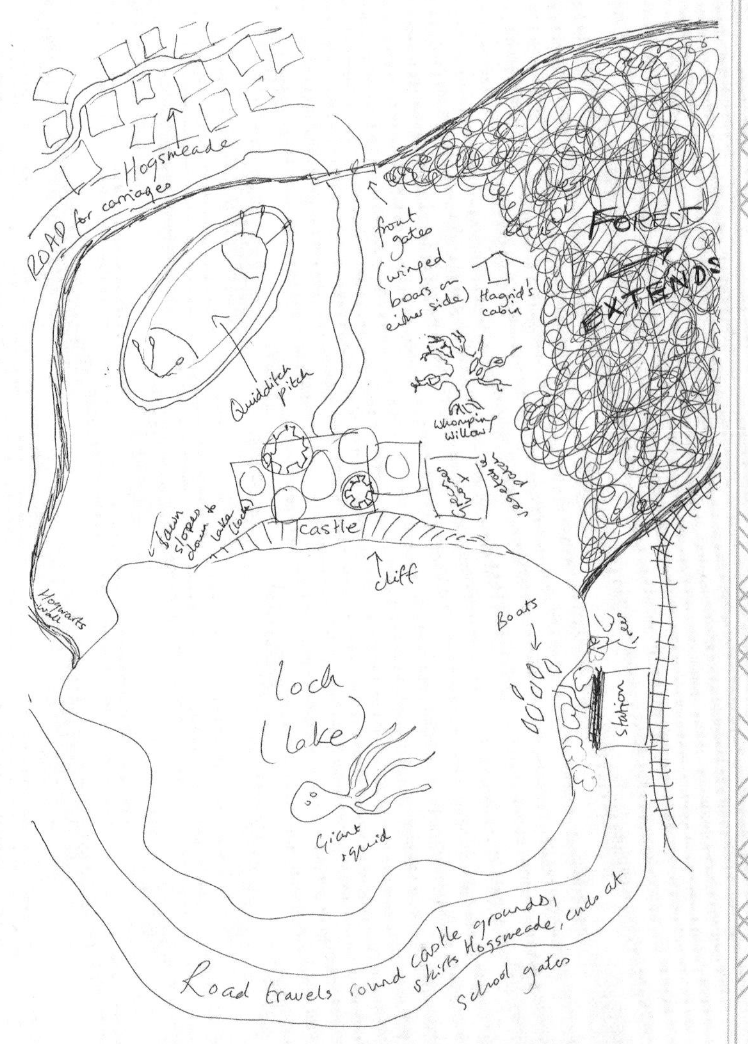

옆쪽: 〈해리 포터와 혼혈 왕자〉에서 호그와트에 다가가는 호그와트 급행열차 콘셉트 아트(앤드루 윌리엄슨).

오른쪽 위: J.K. 롤링이 스튜어트 크레이그와 처음 만났을 때 그려준 호그와트 성과 그 주변 지도.

아래: 〈해리 포터와 비밀의 방〉을 위한 콘셉트 아트(앤드루 윌리엄슨).

개인적 의미가 있는 공간에 대해서는 반드시 배우들과 의논했다. 앨런 릭먼(세베루스 스네이프 교수)은 〈해리 포터와 혼혈 왕자〉 속 스피너즈 엔드 세트에서 너무 개인적인 느낌을 주는 물건들을 빼달라고 요청했고, 에마 왓슨(헤르미온느 그레인저)은 〈해리 포터와 죽음의 성물 1부〉에 나오는 헤르미온느의 방에 책을 더 많이 넣으라는 아주 중요한 조언을 주었다.

새로운 편이 이어질 때마다 새로운 장소들이 새로운 과제를 던졌다. 크레이그와 맥밀란의 팀은 제작자 데이비드 헤이먼과 데이비드 배런, 감독 크리스 콜럼버스와 알폰소 쿠아론, 마이크 뉴얼, 데이비드 예이츠, 작가 J.K. 롤링과 협력했다. 애덤 브록뱅크, 앤드루 윌리엄슨, 더멋 파워를 비롯한 콘셉트 아티스트들은 스튜어트 크레이그의 연필 스케치에 토대해서 장소들의 외관을 연구 개발하고, 전통 기법과 첨단 기법을 모두 활용해서 이 아이디어들을 실물 또는 디지털로 입체화했다. 미술 팀은 제작가, 조각가, 모델 제작자, 석고 기술자, 목공 등 다양한 전문가들로 구성되었다. 소품 팀원들은 다이애건 앨리를 솥과 새장으로 채우고, 미술 감독들은 계단 벽에 걸 회화 작품들의 제작을 감독하고, 그래픽 아티스트들은 마법약들의 상표와 위즐리 형제의 신기한 장난감 가게 제품의 포장과 플러리쉬와 블러트 서점 간판을 디자인했다.

〈해리 포터〉 영화 시리즈 초반에 제작진은 시간과 예산 문제로 기존의 장소를 활용해 촬영했다. 크레이그와 장소 섭외 팀은 호그와트라는 천년 전통 학교에 어울리는 영원한 느낌을 줄 건물을 찾아 영국의 대학과 성당 건물들을 샅샅이 조사했다. 이런 별개의 장소들은 무의식적 차원에서도 서로 연결돼야 했기 때문에, 스테파니 맥밀란은 사람들이 쉽게 알아볼 수 있는 물체를 두어서 장소들에 일치감을 주었다. "몇몇 1.5미터 높이 기둥 위에 이동 가능한 부엉이 모양 램프들이 놓여 있었어요. 그래서 우리는, 예를 들면 옥스퍼드 대학과 더럼 성당에 부엉이 램프를 들고 가서 복도에 놓아두었죠. 그렇게 해서 두 장소가 모두 호그와트처럼 보이게 했어요."

시리즈가 이어지자 제작진은 1940년대 비행기 엔진 공장을 개조한 영화 촬영소 리브스덴

왼쪽: 〈해리 포터와 불의 잔〉에서 퀴디치 월드컵 경기장 주변에 자리 잡은 위즐리 가족의 널찍한 텐트 안.
위: 〈해리 포터와 죽음의 성물 1부〉를 위한 콘셉트 아트(앤드루 윌리엄슨).
옆쪽: 금지된 숲에서 바라본 호그와트(더멋 파워).

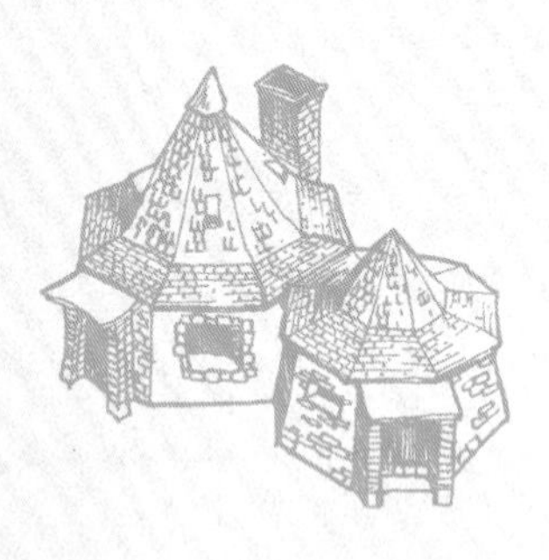

스튜디오에 세트를 지었다. 영화를 찍을 넓은 장소를 찾던 데이비드 헤이먼은 면적이 5만 제곱미터에, 주변 부지까지 합하면 총 32만 제곱미터에 이르는 리브스덴을 보고 그곳에서 영화를 촬영하기로 결정했다. 제작진은 시리즈 내내 아름다운 스코틀랜드 고원 지대의 풍경을 촬영해 설정 숏, 배경 그림, 디지털 합성 배경에 활용했고, 미니어처 모형도 만들어서 이를 스캔해 컴퓨터에 넣었다. 호그와트의 첨탑과 탑들은 필요에 따라 나타났다가 사라지곤 했는데, 스튜어트 크레이그는 그때마다 성과 그 주변을 새롭게 디자인했다. 하지만 "아무도 신경 쓰지 않는 것 같았어요. 그냥 마법 세계의 일부로 여기는 것 같더라고요"라고 그는 말한다.

이 마법 세계는 전 세계 해리 포터 팬들의 상상력을 자극했다. 스리 브룸스틱스에서 친구들과 버터 맥주를 마시고, 허니듀크에서 몇 시간 동안 사탕 삼매경에 빠지고, 버로우에 가서 위즐리 가족과 하룻밤을 보내고 싶지 않은 사람이 누가 있을까? 우리는 리키 콜드런의 벽돌 벽만 두드리면 그 세계에 들어갈 수 있다는 사실을 안다. 이 책은 흥미로운 무대 뒤 이야기, 이해를 돕는 스크린 캡처, 매혹적인 그림들을 한데 모아서 〈해리 포터〉 영화 속 마법 장소들로 우리를 안내한다.

양쪽, 오른쪽 위부터 시계 방향: 〈해리 포터와 비밀의 방〉을 위한 더멋 파워의 그림. 영화에서는 퀴디치 경기장 옆을 흐르는 강이 드러나지 않는다. 호그와트 정문 도면. 애덤 브록뱅크의 콘셉트 아트.

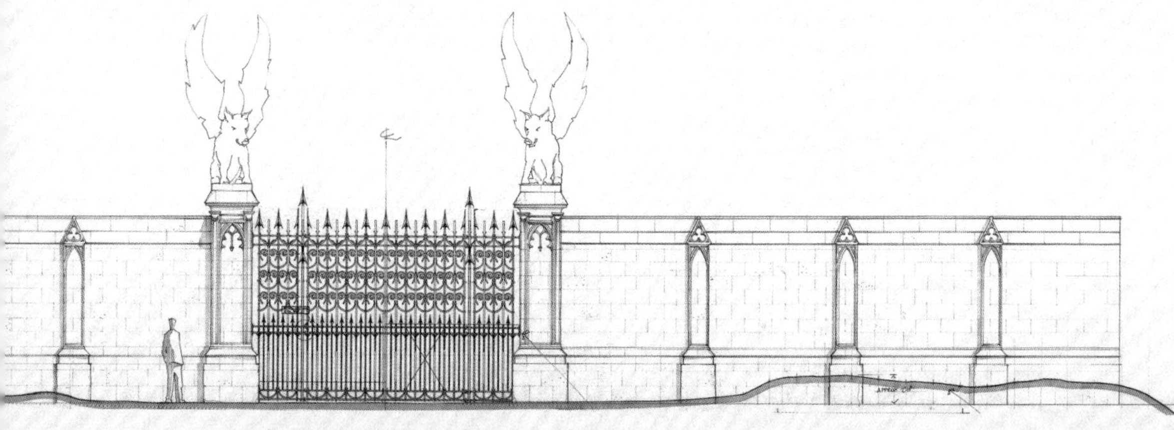

제1장

더즐리 가족의 집

프리벳가 4번지

사용자: 버논·페투니아·두들리 더즐리, 해리 포터

촬영 장소:
잉글랜드 버크셔주 브래크넬시 피킷 포스트 클로스, 리브스덴 스튜디오

등장:
〈해리 포터와 마법사의 돌〉〈해리 포터와 비밀의 방〉〈해리 포터와 아즈카반의 죄수〉〈해리 포터와 불사조 기사단〉〈해리 포터와 죽음의 성물 1부〉

프리벳가 4번지는 더즐리 가족(버논, 페투니아와 그들의 아들 두들리)이 살고, 또 유감스럽게도 페투니아의 조카 해리 포터도 사는 곳이다. 〈해리 포터와 마법사의 돌〉에 처음 나왔을 때 더즐리 가족은 해리를 계단 밑 벽장에서 살게 하고, 그의 마법사 혈통을 인정하지 않는다. 나중에 해리는 볼드모트의 공격을 피하기 위해 자신이 열일곱 살 때까지는 더즐리 가족의 곁에서 지내야 했음을 알게 된다.

1편과 2편을 감독한 크리스 콜럼버스는 딱 잘라 "프리벳가의 집은 아주 고약한 집이라는 느낌을 주어야 했"다고 말한다. 작가 J.K. 롤링은 이 집이 서리주 교외, 제2차 세계 대전 후 기타 많은 도시들처럼 난개발되어 똑같이 생긴 집들이 꼬불꼬불한 골목마다 가득 들어차 있는 곳에 있다고 상상했다. 콜럼버스 감독은 제작자 겸 프로덕션 디자이너 스튜어트 크레이그와 의논할 때 "모든 거주민의 창의성과 독창성을 없애버릴 것 같은" 장소를 원한다고 말했다. "관객에게 아름다움 대신 강한 억압감을 전달하는 장소여야 했어요."

양쪽, 위부터 시계 방향: 비슷한 집들이 끝없이 뻗은 프리벳가 주변 콘셉트 아트. 프리벳가 세트.
아기 해리 포터를 프리벳가 4번지에 데려다 놓는 장면 스틸 사진.
브래크넬시 피킷 포스트 클로스.

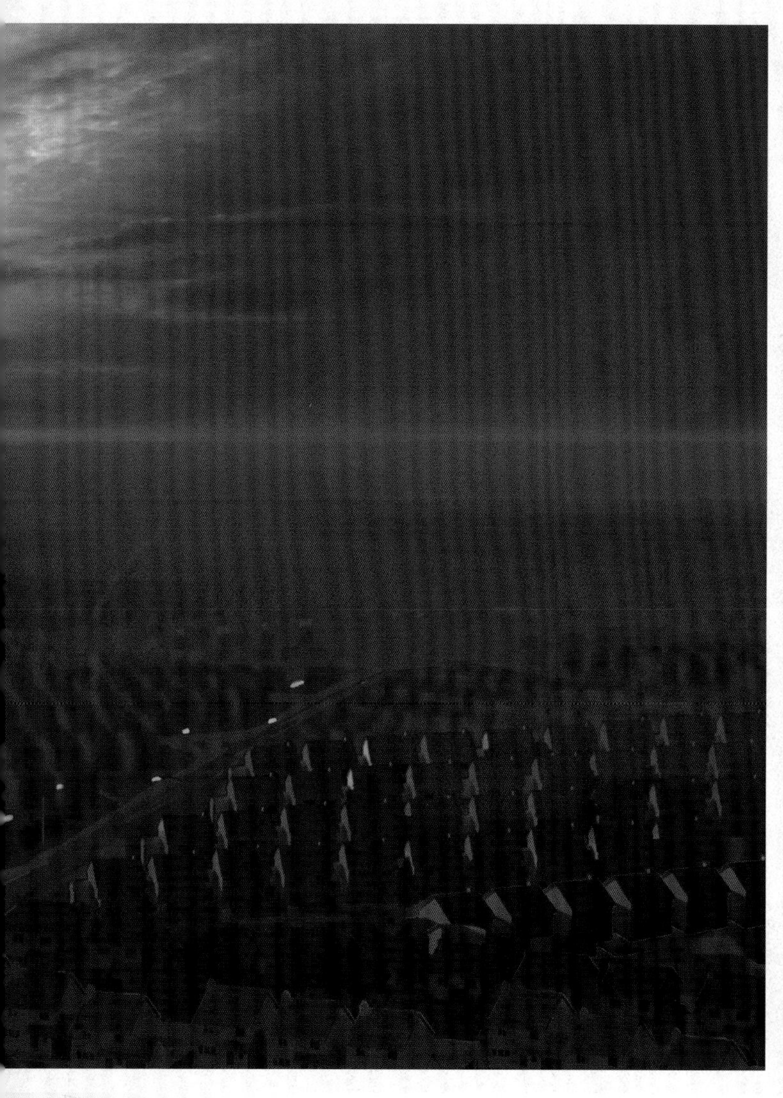

콜럼버스 감독은 해리가 그 집에서 겪는 절망도 포착해 표현하기를 원했다. 스튜어트 크레이그는 "영화에서 내밀한 공간이 드문데, 해리가 사는 이모네 집 계단 밑 벽장이 그중 하나"라고 말한다. "거대하게 확산되는 도시 속에 있을 때 더욱 절망적으로 느껴지는 곳이에요. 마법 세계와 정반대되는 지점이죠."

제작진은 이런 조건에 꼭 들어맞는 런던 서부 근교의 브래크넬에서 1편 촬영을 시작했고, 통일성을 높이기 위해 각 집 앞에 똑같은 차를 주차해놓았다. 하지만 촬영이 마무리될 즈음, 제작진은 주민들에게 너무 큰 불편을 끼치고 있음을 깨달았다. 야간에는 촬영용 조명이 길을 환하게 밝혔고, 낮 동안은 부엉이들이 사방을 날아다녔다. 주민들에게 그런 불편을 참아달라고 할 수는 없는 노릇이었다. "그래서 2편을 찍을 때는 스튜디오에 그 집들을 똑같이 재현했어요." 크레이그가 말한다. 길 양편으로 집이 다섯 채씩 서 있는 그 세트는 시리즈가 끝날 때까지 사용되었다. 거리의 나머지 부분은 배경 그림을 세워 "지평선까지 끝없이 뻗게" 만들었다. 크레이그는 "콜럼버스 감독은 그런 구조가 거대하게 뻗어 있어야 한다고 생각했어요. 그리고 그 중심에 해리의 계단 밑 벽장이 있죠"라고 말한다. 벽장은 크기가 너무 작아 다양한 각도로 촬영하기 위해 '와일드 월'이라는 이동 벽체로 제작되었다.

맨 왼쪽: 〈해리 포터와 불사조 기사단〉의 해리 포터(대니얼 래드클리프) 스틸 사진.
위: 〈해리 포터와 마법사의 돌〉에서 계단 밑 벽장에 있는 해리.
왼쪽: 벽장 문.

왼쪽 위부터 시계 방향: 〈해리 포터와 마법사의 돌〉 에서 두들리(해리 멜링)가 선물이 서른여섯 개뿐이라고 투덜거리는 중에 해리가 더즐리 가족의 식사를 준비하는 장면.
더즐리 가족의 사진들과 두들리의 각종 트로피.
양복을 입고 우쭐해하는 더즐리와 가족.
〈해리 포터와 비밀의 방〉의 해리(대니얼 래드클리프).

집안 내부는 밋밋한 외관과 달리, 크레이그의 표현에 의하면 "아주 요란하고 촌스럽다." 〈해리 포터〉 영화 전에 스테파니 맥밀란과 몇 편의 영화를 함께 작업한 크레이그는 맥밀란의 취향이 탁월하다는 사실을 잘 알았다. "그런데 스테파니는 놀랍게도 다른 사람, 이 경우에는 페투니아 더즐리의 취향에 맞출 수가 있어요. 그것도 아주 잘 맞추죠." 맥밀란은 "못생긴 소파와 촌스러운 부엌 타일과 번쩍이고 흉물스런 벽난로"를 찾았고, 가구의 색깔도 "형편없는" 것으로 골랐다.

"아주 질 나쁜 머글이더군요."

맥고나걸 교수, 〈해리 포터와 마법사의 돌〉

가구는 대부분 왓퍼드에 위치한 상점들에서 샀는데, 맥밀란은 이 일로 그들에게 나쁜 이미지를 준다면 미안하다며 농담 섞어 사과했다. 모든 선반과 테이블 위에는 두들리의 성장 과정을 찍은 사진들과 정체를 알 수 없는 각종 상패 및 상장이 있다. 그래픽 팀에서 만든 상패와 상장은 '점심을 빼먹지 않는' 능력을 칭찬하고, 연어가 뛰어오르는 그림을 곁들인 스멜팅스 학교 서류는 그가 5미터를 수영했다고 칭찬한다.

스테파니 맥밀란은 중산층 가구로 더즐리 가족의 집을 꾸미고(위, 왼쪽) 핫도그를 먹는 두들리 사진 같은 유치한 장식을 더했다.

F B

다이애건 앨리

리키 콜드런

〈해리 포터와 마법사의 돌〉에서 루베우스 해그리드가 해리를 데리고 간 런던의 술집 겸 여관 리키 콜드런은 다이애건 앨리와 마법 세계로 들어가는 입구다. 별 특징 없는 문을 열고 안으로 들어가면 튜더 시대(1485~1603)풍 아치 아래 거대한 벽난로가 타오르는 큰 식당이 나온다. 벽돌 위에 석회를 칠한 술집 내벽은 긴 나무 들보와 복잡한 곡선형 장식을 인 높은 창문에 둘러싸여 있고, 칠판에는 돼지 구이, 들짐승 고기 파이, 장어 초절임 같은 점심 메뉴가 적혀 있다.

〈해리 포터와 아즈카반의 죄수〉에서 구조 버스를 타고 리키 콜드런으로 간 해리는 거기서 하룻밤을 보내고 호그와트로 떠난다. 이때 내실에서 마법부 장관 코넬리우스 퍼지를 만나는데, 그 방은 튜더풍의 특징을 이루는 짙은 색 나무판들에 싸여 있다. 해리가 묵는 2층 11호의 벽은 단순한 회벽이지만, 침대 기둥과 헤드보드 조각은 아주 장식적이다. 스튜어트 크레이그는 "일부러 튜더풍 방과 침대를 선택했"다고 말한다. "마법 세계의 시간 척도는 우리와 다르다는 느낌을 다시 한 번 주고 싶었어요." 창밖으로는 런던 버러 시장과 서더크 성당 탑들이 보인다. 객실 종업원이 룸서비스를 제공하러 오는 복도는 인위적 원근법이라는 전통적 기법으로 만들어졌다. 상대적인 크기를 조작해 장소를 높고 길어 보이게 하는 세트 장식법인데, 이렇게 하면 실제로는 3~4미터 길이인 복도를 15미터처럼 보이게 할 수 있다. 〈해리 포터〉 영화에 쓰인 여러 시각 효과처럼, 세트에도 컴퓨터 기술뿐 아니라 여러 실사 기술이 사용되었는데 "비용도 훨씬 덜 들고 훨씬 더 재미있"는 방법이었다고 크레이그는 말한다.

사용자: 주인 톰, 마법사 손님들

촬영 장소: 리브스덴 스튜디오

등장: 〈해리 포터와 마법사의 돌〉 〈해리 포터와 아즈카반의 죄수〉

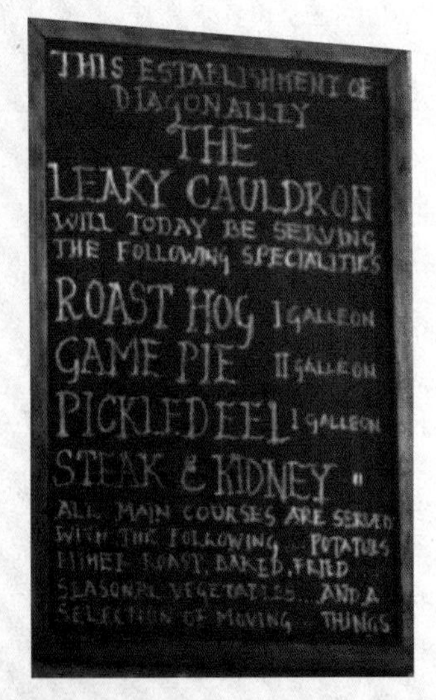

양쪽, 왼쪽 위부터 시계 방향: 〈해리 포터와 아즈카반의 죄수〉에 나오는 리키 콜드런 외관 콘셉트 아트(앤드루 윌리엄스).
리키 콜드런 세트의 두 장소.
〈해리 포터와 아즈카반의 죄수〉에 나오는 식당.
리키 콜드런 이모저모: 안내 표식, 코넬리우스 퍼지가 사용한 책상, 식당 메뉴.

"들었죠? 런던 리키 콜드런."

스탠 션파이크, 〈해리 포터와 아즈카반의 죄수〉

다이애건 앨리

영화에서 해리 포터와 관객들은 다이애건 앨리를 통해 마법 세계 속으로 들어간다. 마법사들은 이곳에서 최신형 퀴디치 빗자루를 사고팔고 작가 사인회를 열며, 호그와트 학생들은 솥이나 깃펜, 망토, 지팡이 같은 학용품을 사고 때로는 부엉이나 두꺼비, 쥐를 산다.

스튜어트 크레이그는 "다이애건 앨리는 〈해리 포터와 마법사의 돌〉에서 가장 일찍 지은 세트 중 하나"라고 말한다. "우리는 디킨스(1812~1870) 소설 속에 나올 법한 거리 풍경을 생각하며 시작했어요." 크레이그는 그 당시 건물들이 흥미롭게 기울어져 있다는 데 주목했다. "빅토리아 시대(1837~1901) 초기 건축물들은 중력을 거부하는 것처럼 기울어져 있어요. 그래서 우리는 금세 쓰러질 듯 기울어진 느낌의 건축 구조를 만들었죠." 그리고 거기에 튜더, 조지(1714~1837), 앤 여왕

양쪽, 왼쪽 위부터 시계 방향: 〈해리 포터와 마법사의 돌〉 한 장면. 쇼핑객들이 다이애건 앨리의 마법 동물 가게 근처에 모여 있다.
슈가 플럼 사탕 가게, 이이롭스 부엉이 백화점 등이 보이는 다이애건 앨리 세트.
〈해리 포터와 마법사의 돌〉에서 해그리드(로비 콜트레인)가 해리와 함께 다이애건 앨리를 거니는 모습. 그린고트 은행 입구 스케치.

"여기가 다이애건 앨리란다."

루베우스 해그리드, 〈해리 포터와 마법사의 돌〉

(1665~1714) 시대의 요소를 추가해 독특한 건축적 조합을 만들었다. 그런 뒤 크리스 콜럼버스 감독과 스튜어트 크레이그는 런던 거리를 훑으면서 다이애건 앨리를 촬영할 만한 장소를 물색했다. 콜럼버스는 다음과 같이 말했다. "우리는 런던 어딘가에 디킨스의 세계를 닮은 장소가 남아 있기를 바랐지만, 그런 곳을 찾기가 쉽지 않았죠. 비슷한 곳이 있어도 거기에 공중전화라든가 슈퍼마켓 같은 현대적인 요소들이 있었어요. 그런 것들을 둘러갈 수도 있었겠지만, 생각한 그대로를 구현하기 위해서는 세트를 지어야겠다고 생각했죠."

마법 세계는 그다지 완벽함을 추구하지 않고, 건물들이 서로 기대 있어도 상관하지 않는다고 크레이그는 생각했다. "우리는 낡고 허물어진 풍경을 만들고 싶었어요. 깔끔하고 매끈한 것은 없었죠. 우리가 불어넣을 수 있는 최대한의 개성을 부여했어요." 크리스 콜럼버스 감독은 다이애건 앨리가 수백 년 역사를 보여줄 뿐 아니라 "영원히 그렇게 있을 것처럼" 보이기를 바랐다. 크레이그는 인위적 원근법과 그림 배경으로 그 소망을 충족시켰다.

거리 풍경과 디자인이 결정되자, 세트 장식가 스테파니 맥밀란이 가게들에 빗자루나 솥 같은 마법 물품들을 채웠다. 맥밀란의 팀은 영화 시리즈 전편에 걸쳐서 골동품 상점, 경매장, 벼룩시장을 뒤지고 소품 제작자들에게 필요한 물품의 제작을 의뢰했다. 다이애건 앨리를 위해서는 "우선 책에 나오는 가게 이름들과 거기 적힌 내용을 토대로 세트를 꾸미고, 그런 뒤 나머지를 채웠"다고 맥밀란은 말한다. 때로는 구매한 물품을 소품 제작소에서 복제해 필요한 분량을 채우기도 했다. "정말로 많은 물건을 샀다"며 맥밀란은 웃었다. 다행히 〈해리 포터〉 시리즈의 열혈 팬인 조수가 "군사 작전을 치르듯" 치밀하게 구매 물품 목록을 작성했다. 도시와 시골에서 이 물품 구매를 담당한 사람들은 유리병과 책과 새장을 그렇게 많이 사는 이유를 절대 밝히지 말라는 지시를 받았고, 빗

양쪽: 다이애건 앨리 세트의 여러 모습. 나무통 위에 올라 있는 상품들, 플러리쉬와 블러트 서점, 플로린 포트슈 아이스크림 가게, 슬러그와 지거스 약재상 등.

사용자: 남녀 마법사, 고블린, 온갖 마법 생명체와 동물들

점포들: 이이롭스 부엉이 백화점, 포타지 씨네 솥 가게, 말킨 부인의 망토 가게, 고급 퀴디치 용품점, 플러리쉬와 블러트 서점, 그린고트 마법 은행, 멀페퍼 씨네 약재상, 올리밴더 씨네 지팡이 가게, 위즐리 형제의 신기한 장난감 가게

촬영 장소: 리브스덴 스튜디오

등장: 〈해리 포터와 마법사의 돌〉〈해리 포터와 비밀의 방〉〈해리 포터와 혼혈 왕자〉〈해리 포터와 죽음의 성물 2부〉

SUPPLIES

자루를 대량으로 구입한 팀원은 가게 주인에게 청소할 일이 아주 많다고 이야기했다.

세트 장식도 보통 일이 아니었다. 포타지 씨의 가게 앞에는 솥이 층층이 쌓여 있고, 고급 퀴디치 용품점 옆에는 빗자루들이 공중에 떠 있다. 〈해리 포터〉 영화와 비디오 게임용으로 세워진 멀페퍼 씨네 약재상에는 7미터 높이에 3미터 폭 선반들이 늘어서 있다. 맥밀란은 "한 번에 단 한 명의 소품 담당자만 그 선반을 꾸밀 수 있었"다고 말한다. "그리고 그 모든 선반들에 닿기 위해 과일 딸 때 쓰는 크레인 비슷한 기계를 써야 했죠."

다이애건 앨리를 만들고 구석구석을 꾸민 열정과 정성은 작가 J.K. 롤링이 세트를 방문했을 때 보답 받았다. "나는 그때 거기 없었지만 롤링이 눈물을 글썽거렸다고 들었어요. 자신이 상상한 모습과 똑같다고요." 맥밀란이 말한다. 크리스 콜럼버스 감독은 롤링과 함께 세트를 둘러볼 때 약간 긴장했지만, 다이애건 앨리를 이리저리 안내할 때 롤링이 아주 좋아했다고 말한다.

양쪽: 빗자루, 깃발, 유니폼 들로 정성스럽게 꾸며진 고급 퀴디치 용품점 세트.

그린고트 마법 은행

해그리드는 해리를 그린고트 마법 은행에 데려가서 해리가 호그와트에 입학하는 데 필요한 각종 용품을 살 돈을 찾는다. 고블린들이 운영하는 그린고트 은행은 거대한 3층 건물인데, 대리석으로 지은 중앙 홀 아래에 지하 금고가 층층이 자리하고 있다. 역사가 깊고 보안이 강력한 금고일수록 더욱 깊은 곳에 위치하는데, 그 금고들에 가려면 작은 궤도차를 타고 꼬불꼬불한 선로를 내려가야 한다. 스튜어트 크레이그는 그린고트에 최고의 은행 같은 느낌을 주고 싶었다. 크레이그는 "은행은 전통적으로 안정성의 상징이고, 은행 건축은 신뢰감을 전달하는 것이 중요하"다고 말한다. 〈해리 포터와 마법사의 돌〉의 그린고트 은행 장면은 런던에서 외국 사절단이 가장 오랜 기간 점유했던 건물인 오스트레일리아 하우스에서 촬영했다. 오스트레일리아 하우스의 19세기 프랑스풍 실내는 크레이그가 원하는 비율로 이루어져 있었는데, 이는 그곳에서 일하는 자들과 완벽한 대조를 이루었다. "고블린은 아주 작아 보이고, 은행은 원래 그렇듯 위엄 있고 견고하고 중요해 보여야 했어요. 그래서 대리석 홀과 거대한 대리석 기둥들을 만들었죠." 크레이그의 설명이다. 그들은 홀에 놓을 책상을 만들고 장부와 깃펜도 제작했으며, 현장에서 자주 사라진 크넛, 시클, 갈레온 같은 동전도 만들었다. 지하 금고는 스튜디오에 지은 후에 배경 그림과 특수 효과를 통해 시각적으로 확대시켰다. 〈마법사의 돌〉에서 687번 금고를 열고, 〈죽음의 성물 2부〉에서 레스트랭 가문의 금고 문을 여는 복잡한 과정은 마크 벌리모어가 만들어낸 실사 특수 효과다. 벌리모어는 〈비밀의 방〉에서 뱀 자물쇠를 여는 장면도 담당했다.

〈해리 포터와 죽음의 성물 2부〉에서 해리는 레스트랭가의 금고에 있는 호크룩스를 찾기 위해 론 위즐리, 헤르미온느 그레인저, 고블린 그립훅과 함께 그린고트를 찾고, 금고를 빠져나오는 과정에서 용이 탈출하면서 은행 건물이 파손된다. "용이 우리를 박차고 나와 수십 미터 위의 동굴 천장을 깨고 은

양쪽, 왼쪽 위부터 시계 방향: 영화를 위해 디자인한 크넛, 시클, 갈레온. 그린고트 궤도차 콘셉트 아트. 소품용 영수증. 〈해리 포터와 마법사의 돌〉 세트에서 궤도차가 선로를 움직이는 장면을 촬영하기 위해 블루스크린이 사용되었다. 〈해리 포터와 죽음의 성물 2부〉 중 은행에서 일하는 고블린들.

"네 돈은 마법사의 은행인 그린고트에 있어. 최고로 안전한 곳이지. 호그와트 다음으로 말이야."

루베우스 해그리드, 〈해리 포터와 마법사의 돌〉

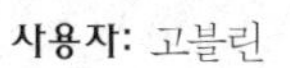

사용자: 고블린

촬영 장소: 잉글랜드 런던 스트랜드의 오스트레일리아 하우스, 리브스덴 스튜디오

등장: 〈해리 포터와 마법사의 돌〉 〈해리 포터와 죽음의 성물 2부〉

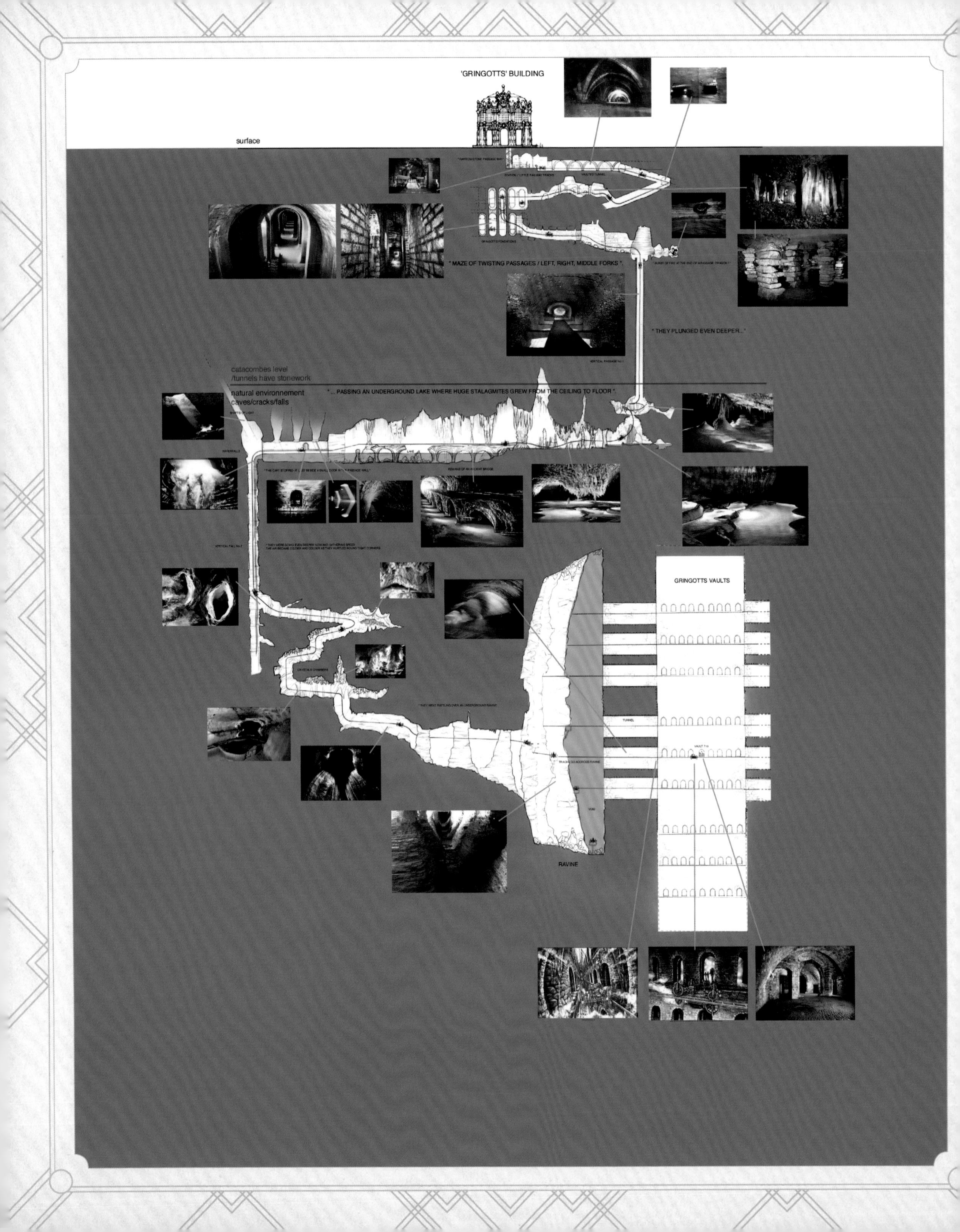
'GRINGOTTS' BUILDING
surface
" MAZE OF TWISTING PASSAGES / LEFT, RIGHT, MIDDLE FORKS ".
" THEY PLUNGED EVEN DEEPER... "
catacombes level
/tunnels have stonework
natural environnement
caves/cracks/falls
" ... PASSING AN UNDERGROUND LAKE WHERE HUGE STALAGMITES GREW FROM THE CEILING TO FLOOR ".
LAKE
TUNNEL
TRACKS GO ACROSS RAVINE
VOID
GRINGOTTS VAULTS
RAVINE

행 홀을 지나 유리 지붕을 뚫고 나가요. 오스트레일리아 하우스에서는 절대 찍을 수 없었죠." 크레이그가 웃으며 말한다. 그런 이유로 리브스덴 스튜디오에 똑같은 은행이 세워졌다. 이를 위해 종이로 대리석 기둥과 바닥을 만들었는데, 크레이그는 그의 팀이 마치 "가짜 대리석 공장 같았"다고 말한다. 종이 대리석은 말 그대로 물 위의 기름을 띄워 만드는데, 넓은 사각 물탱크에 유화 물감을 뿌리고 휘저은 뒤 그 위에 특수 종이를 얹는다. "종이를 걷으면 거기 달라붙은 유화 물감이 대리석 같은 소용돌이무늬를 이뤄요. 거기에 마무리 붓질만 조금 하면 완성이죠." 디자인 팀은 대형 디지털 프린터로 최대 3.6미터 폭에 이르는 대리석 종이를 복사했다. 지름이 3.6미터나 되는 샹들리에들은 사출 성형한 크리스탈 수천 개를 정교한 순서로 조립해서 만들었다. 크레이그는 "본래는 전체 높이가 4.8미터 정도 되어야 했지만, 아래쪽만 만들고 윗부분은 컴퓨터로 덧붙였"다는 사실을 인정했다. 은행원들의 저울과 책상은 창고에서 나왔는데, 책상들은 칠을 다시 하고 디자인도 약간 세련되게 수정했다. 그리고 이번에는 동전을 플라스틱으로 만들어 접착제로 붙여서 쌓았다.

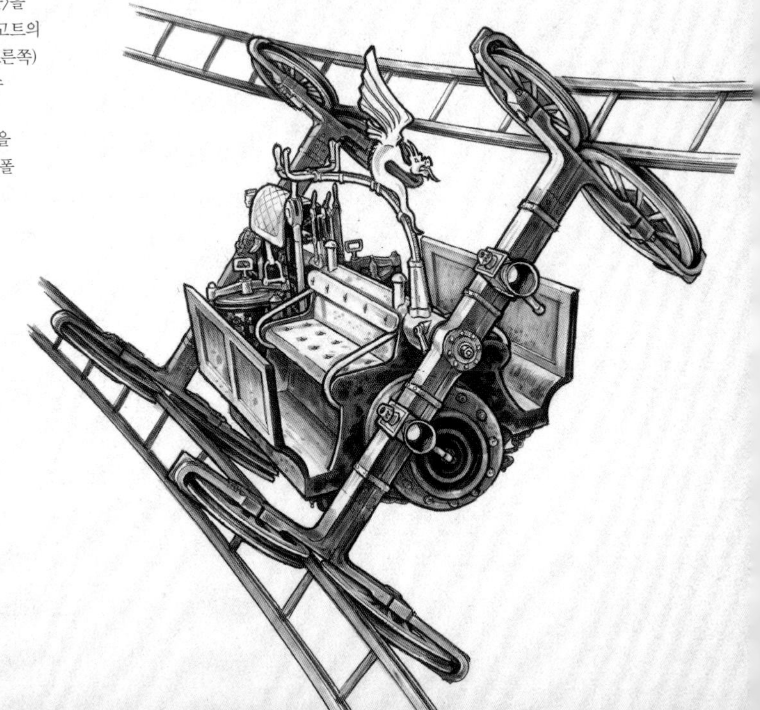

옆쪽: 〈해리 포터와 마법사의 돌〉을 위해 만든 설계도를 보면, 그린고트의 미로 같은 터널과 궤도차(위, 오른쪽)를 타고 금고로 가는 길을 알 수 있다.

가운데: 그린고트의 둥근 지붕을 뚫고 탈출하는 용 콘셉트 아트(폴 캐틀링).

올리밴더 씨네 지팡이 가게

사용자:
올리밴더 씨

촬영 장소:
리브스덴 스튜디오

등장:
〈해리 포터와 마법사의 돌〉〈해리 포터와 혼혈 왕자〉

모든 마법사는 반드시 지팡이를 가진다. 그래서 〈해리 포터와 마법사의 돌〉에서 처음 다이애건 앨리를 방문한 해리 포터는 "기원전 382년부터 좋은 지팡이를 만들어온" 올리밴더 씨네 가게에 간다.

〈해리 포터와 마법사의 돌〉 촬영을 위해 제작한 올리밴더 씨네 가게 세트에는 1만 7000개가 넘는 지팡이 상자가 사방에 빼곡히 쌓여 있다. 5미터 높이 선반에 놓인 것도 있는데, 높은 곳에 있는 지팡이를 가지러 갈 때는 3.5미터 높이 사다리를 이용했다. 각 지팡이 상자에는 지팡이의 심, 사용한 나무 등의 정보를 룬 문자, 알파벳, 각 시대와 나라별 서체로 적은 상표가 붙어 있다. 어떤 상자에는 술이나 끈이 달려 있기도 하다. 그런 뒤 지팡이들이 오랫동안 거기서 자신의 마법사를 기다리고 있었다는 느낌을 주기 위해 상자들을 낡게 만들고 먼지로 뒤덮었다.

스튜어트 크레이그는 올리밴더 세트의 독특한 분위기에 만족했다. "밀도 있는 작은 공간이죠. 풍부한 세부 소품이 좁은 면적을 가득 채워요." 이 세트에서 다양한 검은 색조를 사용해 어두운 장소를 멋지게 만들어낸 경험은 그가 이후에 다른 어둠침침한 장소들을 만들 때 도움이 되었다. "가구와 목공 제품은 페인트를 칠해 검게 만들었어요. 참나무에 검은색을 칠한 뒤에 나뭇결이 비쳐 보이도록 문질렀죠. 고가구, 특히 제임스 시대풍 가구들을 그렇게 만들었어요. 그 기법으로 영화 전체에 좋은 효과를 보았죠."

위: 검은색으로 꾸며진 올리밴더 씨네 지팡이 가게 전면.
옆쪽: 〈해리 포터와 마법사의 돌〉에서 올리밴더 씨(존 허트)가 해리에게 알맞은 지팡이를 찾고 있다.

"지팡이?
올리밴더로 가자.
저 집이 최고지."

루베우스 해그리드, 〈해리 포터와 마법사의 돌〉

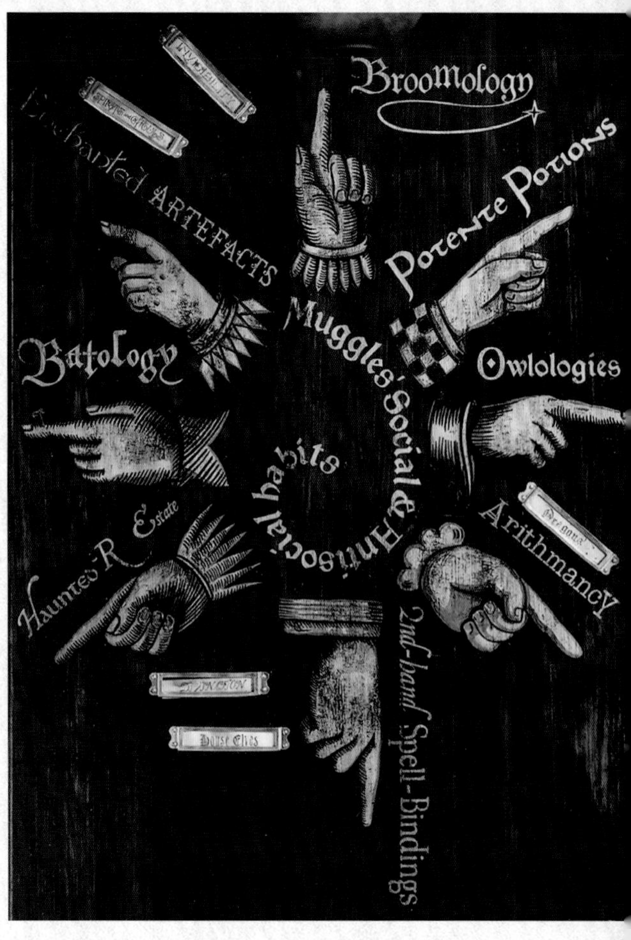

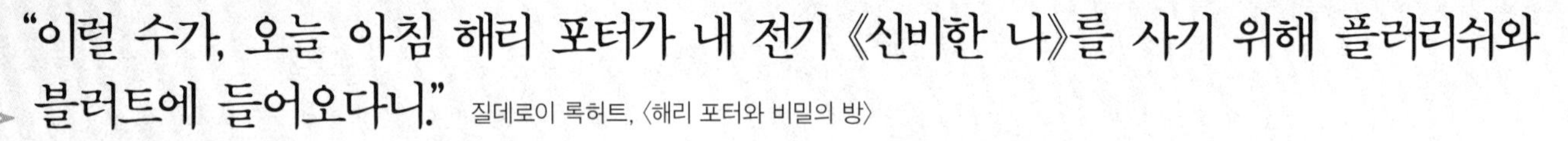
"이럴 수가, 오늘 아침 해리 포터가 내 전기 《신비한 나》를 사기 위해 플러리쉬와 블러트에 들어오다니." 질데로이 록허트, 〈해리 포터와 비밀의 방〉

플러리쉬와 블러트

플러리쉬와 블러트는 호그와트 학생들이 매년 교과서를 비롯한 여러 책을 살 수 있는 마법 서점이다. 〈해리 포터와 비밀의 방〉에서 플러리쉬와 블러트 서점은 질데로이 록허트의 《신비한 나》 출간 기념 사인회를 개최하는데, 위즐리와 말포이 가족을 비롯한 여러 마법사 가족이 참석한다.

플러리쉬와 블러트의 외관은 평범한 서점 같지만, 내부에 들어서면 스튜어트 크레이그가 다이애건 앨리에 설정한 미학 법칙과 맞아떨어지는 "물리학과 자연 법칙을 거스르는 비현실적 나선형 책 더미"가 눈에 확 뜨인다. "마법은 기습적으로 펼쳐질 때 효과가 더 커지는 것 같아요. 처음 발을 들였을 땐 친숙하게 느껴지지만, 무언가 특이하고 마법적인 것을 발견하는 순간 놀라움이 커지죠." 플러리쉬와 블러트는 실제로는 올리밴더 씨네 가게를 새롭게 단장해 만들었다.

세트 장식 팀과 그래픽 팀은 숫자 점, 투명 마법, 마법의 역사 같은 구역 안내 표지를 금색으로 장식하고 박쥐학, 부엉이학, 빗자루학 등 온갖 "학"으로 끝나는 책들과 지팡이 복지, 빗자루 관리, 머글 사회와 역사적 관습, "요정과 안전"에 대한 내용의 책들을 뒤죽박죽 섞어 책 더미를 쌓아 올려 상점 내부를 꾸몄다. 여덟 편의 영화 시리즈 전체에 등장하는 모든 책을 만든 미라포라 미나와 에두아르도 리마의 그래픽 팀은 검은 흙빛 천과 가죽으로 표지를 씌우고, 책장에 금칠을 했다. J.K. 롤링으로부터 록허트의 책은 공항이나 버스 터미널에서 파는 싸구려 책 같은 분위기라는 정보를 전해 들은 미나와 리마는 요란한 색으로 반들거리는 인조 가죽을 그의 책 표지 용지로 선택했다.

사용자:
책, 책, 또 책

촬영 장소:
리브스덴 스튜디오

등장:
〈해리 포터와 비밀의 방〉 〈해리 포터와 혼혈 왕자〉

위: 플러리쉬와 블러트 서점 외관과 금색 안내 표지들.
옆쪽: 중력을 거부하듯 천장까지 쌓인 책 더미는 책에 구멍에 뚫고 곡선형 금속 막대를 꿰어서 만들었다.

IN
PERSON!
WIZARD WELL-BEING

위즐리 형제의 신기한 장난감 가게

프레드 위즐리와 조지 위즐리는 〈해리 포터와 혼혈 왕자〉에서 다이애건 앨리에 가게를 열고 장난 용품, 사랑의 묘약, 방어 마법 제품, 그리고 대표 상품인 꾀병용 과자 세트 등을 판다. 보라색으로 칠한 이 큰 건물 앞에는 위즐리 가족을 특징짓는 주황색 옷을 입은, 위즐리 쌍둥이 중 한 명을 본뜬 6미터 크기의 움직이는 모형이 있는데 프레드와 조지 어느 쪽이 모델인지는 여전히 논란의 대상이다. 배우 제임스 펠프스(프레드 위즐리)는 "내가 더 잘생겼으니까" 자신이 모델이라고 말하고, 배우 올리버 펠프스(조지 위즐리)는 "내 얼굴이 더 재미있어서" 자신이라고 말한다. 이 모형은 눈과 눈썹을 움직이고, 모자를 들었다 내렸다 하며 머리 위의 토끼를 드러냈다가 감추곤 한다. 이 가게에서 볼 수 있는 여러 머글식 장난 중 하나다.

영화 속에서 이 건물은 다이애건 앨리에서 유난히 두드러지는데, 많은 상점이 죽음을 먹는 자들에게 파괴되었기 때문이기도 하지만 색깔이 워낙 눈에 띄어서기도 하다. 크레이그는 "위즐리 가게는 관행에서 벗어나야 했"다고 말한다. "그래서 그 어느 곳보다 밝고 깨끗한 분위기로 만들었어요. 눈길을 확 사로잡아야 했거든요."

그래픽 팀은 3층짜리 가게를 가득 채운 수천 개의 상자와 병과 포장에 상표를 붙였다. 미라포라 미나는 다음처럼 말한다. "처음에는 예쁘고 정교한 종이와 디자인을 사용했어요. 그런데 스튜어트가 '더 싸구려처럼 만들어달라'고 해서 폭죽 장난감들의 포장을 살펴봤죠. 그것들은 싸구려 일회용이고 늘 인쇄가 엉터리거든요." 다양한 질감과 색깔의 종이에 스캔한 그래픽은 "다 원하는 대로 나오지는 않았"다. "우리가 싸구려 종이를 사용해서 더 그랬어요. 하지만 그게 오히려 도움이 되었죠." 에두아르도 리마가 말한다. 그래픽 팀원들은 싸구려 물건을 파는 가게들에서 여러 종류의 통을 구한 뒤에 이를 고쳐서 위즐리 가게에 넣었다. "모두 140개 정도의 제품을 디자인한 것 같아요." 리마의 말에 미나가 덧붙였다. "그런 뒤에 한 가지 물품을 200개, 400개로 복제했죠. 어떤 것은 2000개까지 만들었어요. 모두 우리 팀원들이 제작했죠. 집요정들처럼요." 그 모든 장난감과 웃기는 물건을 만드는 데 수주가 걸렸고, 그걸 가게에 채워 넣는 데 또 수주가 소요됐다. 그래픽 팀은 쇼핑백, 주문서, 영수증과 가게의 모든 안내 표지도 만들었다.

몇 개의 대형 전시대와 자동판매기가 가게에 재미를 더했다. 콘셉트 아티스트 애덤 브록뱅크는 1950년대 영국 상점들 앞 기부 코너의 요란한 장난감과 크고 조악한 모형에서 아이디

왼쪽: 위즐리 형제의 신기한 장난감 가게 현관에 설치된 움직이는 모형 장식 콘셉트 아트. **위:** 모형이 모자를 벗으면 토끼가 보인다. **오른쪽:** 온갖 물건이 가득한 위즐리 형제의 신기한 장난감 가게의 다채로운 세트.

HERE
SHENANIGANS

어를 얻었다. "'10초면 사라지는 여드름'이라는 연고가 있어요. 그래서 얼굴에 여드름이 나왔다가 사라지는 모형을 만들자고 했죠." 소품 제작자 피에르 보해나와 소품 팀은 여드름 인형 모형을 만들고, 또 높이가 1.8미터나 되는 구역질 사탕 판매기도 만들었다. "재미있고 역겨운 것을 만들고 싶었"다고 브록뱅크는 말한다. "이 소녀는 구역질 사탕을 양동이에 끝없이 토해요. 손님들이 그 밑에 컵을 대고 있다가 원하는 만큼 차면 계산을 하죠." 피에르 보해나의 팀은 이 소녀가 "토한" 녹색과 보라색 사탕 수천 개를 만들고 수많은 코피 누가와 기절 팬시, 발열 캔디도 만들었다. "위즐리 형제의 신기한 장난감 가게 세트에는 물건이 정말 많아요. 거기서 며칠을 지내도 다 구경 못할걸요." 제임스 펠프스(프레드 위즐리)의 말이다.

"골라, 골라! 기절 사탕! 코피 누가 사탕! 개학맞이 바겐세일! 구역질 사탕!"

프레드 위즐리와 조지 위즐리, 〈해리 포터와 혼혈 왕자〉

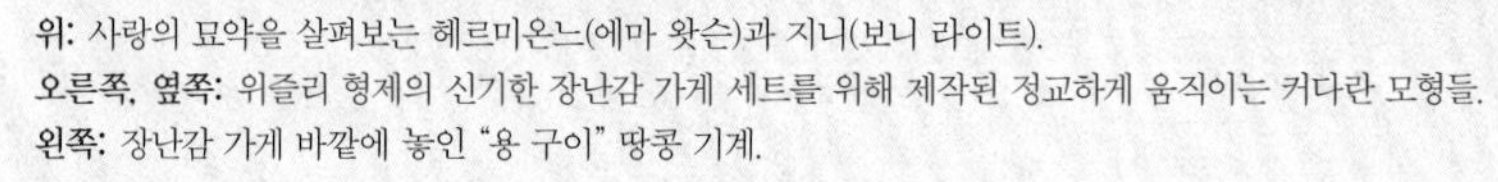
위: 사랑의 묘약을 살펴보는 헤르미온느(에마 왓슨)과 지니(보니 라이트).
오른쪽, 옆쪽: 위즐리 형제의 신기한 장난감 가게 세트를 위해 제작된 정교하게 움직이는 커다란 모형들.
왼쪽: 장난감 가게 바깥에 놓인 "용 구이" 땅콩 기계.

Weasleys'
PUKING
ASTILLES
15/3

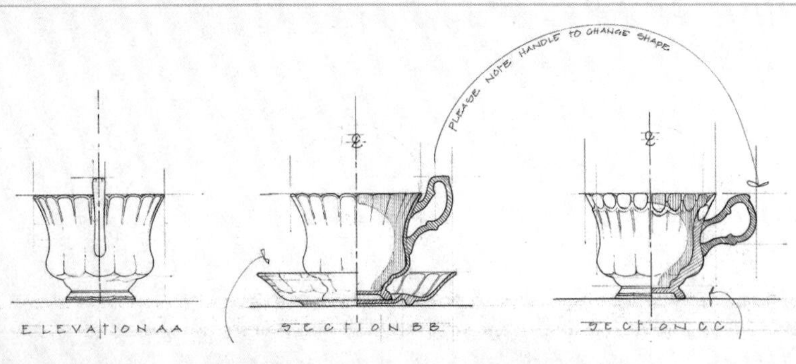

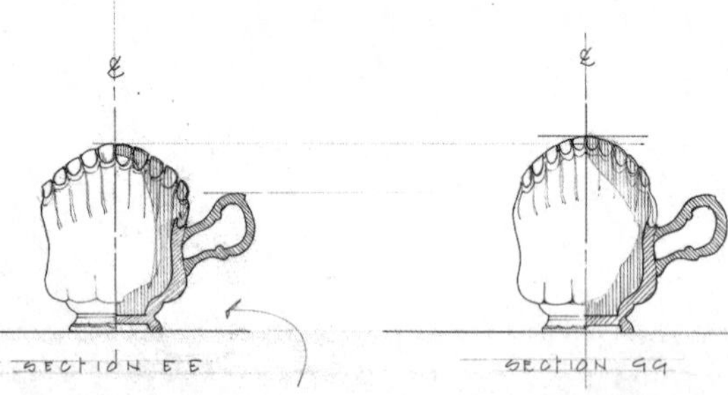

이쪽: 위즐리 형제의 신기한 장난감 가게 세트 디자인 도면과 전시 제품들.

사용자:
프레드 위즐리,
조지 위즐리

촬영 장소:
리브스덴 스튜디오

등장:
〈해리 포터와 혼혈 왕자〉

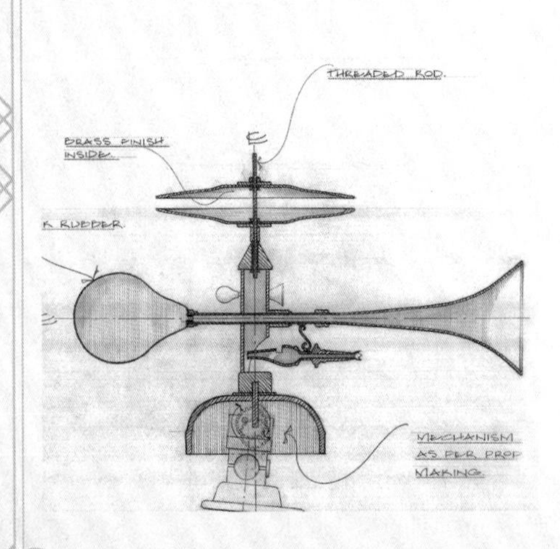

마법 질병과 상해 치료를 위한 성 뭉고 병원

흔한 일이지만, 어떤 장면들은 책에도 나오고 대본에도 나오지만 영화에는 나오지 않는다. 〈해리 포터와 불사조 기사단〉에서는 아서 위즐리가 볼드모트의 뱀 내기니에게 공격당하는 장면을 위해 성 뭉고 병원 비주얼 작업을 진행했지만, 해당 장면은 마지막 촬영 대본에서 삭제되었다.

이쪽, 왼쪽 위부터 시계 방향: 바닥을 청소하는 집요정, 부상자를 데리고 온 퀴디치 선수들, 이상한 병에 걸려 대기실에서 기다리는 마법사들 콘셉트 아트(애덤 브록뱅크).

제3장

킹스 크로스 역

킹스 크로스 역

〈해리 포터와 마법사의 돌〉에서 처음 등장하는 런던의 킹스 크로스 역은 학생들을 호그와트 마법학교로 태우고 가는 호그와트 급행열차의 출발 역이다. 빅토리아 시대에 지어졌으며 높이가 20미터도 넘는 원통형 지붕이 240미터 넘게 뻗어 있는 이 역은, 해리와 함께 구름다리에 서서 호그와트 급행열차 표를 건네주는 해그리드마저 작게 보일 정도로 넓은 규모를 자랑한다. 스튜어트 크레이그는 〈불사조 기사단〉에서 위즐리 가족이 해리를 킹스 크로스 역으로 데려갈 때는, 다소 외관이 밋밋한 킹스 크로스 역 대신 빅토리아 시대 고딕풍으로 좀 더 정교하게 디자인된 이웃 역 세인트 판크라스를 선택했다. 역 안에서 해리는 다시 한 번 구름다리를 건너는데, 이번에는 시리우스 블랙이 검은 개로 변신해 동행하며 새 학년을 시작하는 해리를 전송한다.

〈해리 포터와 죽음의 성물 2부〉에서 해리는 몽환적이고 비현실적으로 변한 킹스 크로스 역에서 알버스 덤블도어를 만난다. 아마도 해리의 상상이었을 밝은 흰색으로 변한 킹스 크로스 역 내부를 실제로 상상한 사람들은 특수 효과 팀이다. 대니얼 래드클리프(해리 포터)와 마이클 갬번(알버스 덤블도어)은 그린스크린 대신 하얀 무대에서 이 장면을 찍어 빛이 쏟아지는 효과를 더욱 키웠다. 애초에 제작진은 기차역을 얼음 궁전처럼 만들 생각이었지만, 이를 렌더링해본 결과 정작 그들이 원하는 분위기가 전달되지 않았다. 특수 효과 팀은 화판(정확히 말하자면 컴퓨터 키보드)으로 돌아가서 더 단순한 아이디어를 채택했다. 기차역의 현실적 요소들을 살리는 대신 벽과 아치를 없애고 지붕

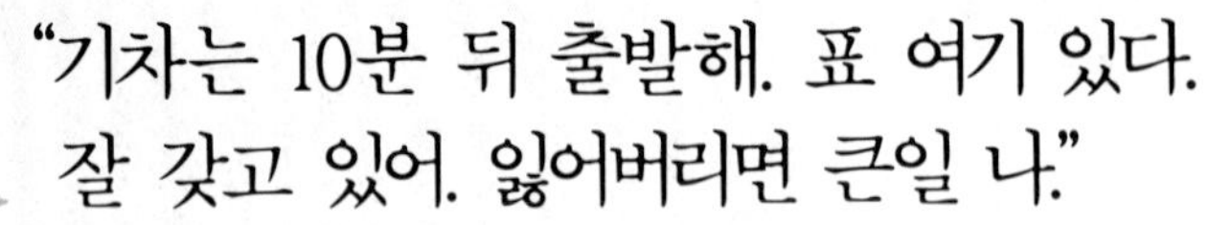

"기차는 10분 뒤 출발해. 표 여기 있다.
잘 갖고 있어. 잃어버리면 큰일 나."

루베우스 해그리드, 〈해리 포터와 마법사의 돌〉

과 기둥과 승강장만 남겨서, 이 세상이 아닌 듯한 끝없는 느낌을 낸 것이다. 환한 지평선에 빛을 또 더하고, 거기에 짙은 안개를 추가했다. 제작자와 감독은 결과에 만족하며, 기둥들의 투명도를 아주 조금씩 조정해 저 세상 같은 느낌을 더해달라는 한 가지 요청을 더했다.

사용자:
호그와트 학생과 가족

촬영 장소:
영국 런던 킹스 크로스 역, 세인트 판크라스 역

등장:
〈해리 포터와 마법사의 돌〉 〈해리 포터와 비밀의 방〉 〈해리 포터와 불사조 기사단〉 〈해리 포터와 죽음의 성물 2부〉

맨 위: 〈해리 포터와 죽음의 성물 2부〉의 하얗고 깨끗한 킹스 크로스 역 콘셉트 아트.
위: 〈해리 포터와 죽음의 성물 2부〉에서 킹스 크로스 역에 함께 있는 해리 포터와 알버스 덤블도어(마이클 갬번).
옆쪽: 〈해리 포터와 마법사의 돌〉에서 9와 4분의 3번 승강장에 서 있는 호그와트 급행열차에 다가가는 해리 포터.

"아저씨, 표가 이상해요. 9와 4분의 3번 승강장이란 게 어딨어요, 그렇죠?"

해리 포터, 〈해리 포터와 마법사의 돌〉

9와 4분의 3번 승강장

〈해리 포터와 마법사의 돌〉에서 해리는 루베우스 해그리드에게 호그와트 급행열차 표를 받은 뒤, 혼자서 9와 4분의 3번 승강장으로 향한다. 9번과 10번 승강장은 찾지만 그다음에는 어떻게 해야 할지 알 수가 없던 해리에게 다행히 마법사 가족인 위즐리 가족이 나타나서, 벽돌 벽을 지나 숨겨진 플랫폼으로 들어가는 방법을 알려준다.

사람들은 자연스럽게 이 장면을 킹스 크로스 역의 실제 9번과 10번 승강장에서 촬영했을 거라고 생각하지만, 스튜어트 크레이그에 따르면 "9번과 10번 승강장은 본 역사가 아니라, 옆에 딸린 작은 별관에 있"다. 킹스 크로스 역의 빅토리아풍 분위기로 강한 느낌을 주기 원했던 크레이그는 "승강장과 승강장을 연결하는 큰 아치 아래에 커다란 벽돌 기둥이 서 있는 승강장을 선택했"다. "달려들어서 통과할 튼튼한 벽이 필요했거든요." 9와 4분의 3번 승강장은 실제로는 4번과 5번 승강장 사이에서 촬영되었다.

시리즈 전체에 걸쳐, 벽을 통과하는 장면은 디지털로 제작되었다. 하지만 실사 효과를 선

사용자: 호그와트 학생과 가족

촬영 장소: 잉글랜드 런던 킹스 크로스 역 4번과 5번 승강장

등장: 〈해리 포터와 마법사의 돌〉 〈해리 포터와 비밀의 방〉 〈해리 포터와 아즈카반의 죄수〉 〈해리 포터와 불사조 기사단〉 〈해리 포터와 죽음의 성물 2부〉

호한 〈마법사의 돌〉 감독 크리스 콜럼버스는 스튜디오에 대니얼 래드클리프(해리)가 처음에 뛰어든 벽 속의 길을 만들었다. 킹스 크로스 현장 촬영은 사람이 가장 붐비지 않는 일요일에 진행됐는데, 실제로 기차역은 한산했지만 주말에 기차를 타러 온 승객들이 촬영 사실을 알게 되자 사정이 바뀌었다. 콜럼버스 감독은 다음과 같이 회상한다. "우리는 선로에 진짜 호그와트 급행열차를 불러들이고, 승강장 표지판을 9와 4분의 3번으로 바꿨어요. 사람이 엄청나게 몰렸죠. 정말로 킹스 크로스 역에서 그 기차를 본다는 사실에 모두 감탄했어요." 〈해리 포터와 죽음의 성물 2부〉에서는 호그와트를 졸업하고 19년이 지난 시점에 해리와 지니, 론, 헤르미온느가 함께 9와 4분의 3번 승강장을 다시 찾는다. 이번에는 부모가 되어 호그와트로 떠나는 아이들을 배웅 온 것이다. 다시 한 번 호그와트 급행열차가 들어선 승강장에는 즐거운 구경꾼들이 가득했다.

이쪽: 해리, 론과 헤르미온느, 드레이코 말포이의 자녀 들이 호그와트 급행열차를 타러 온 〈해리 포터와 죽음의 성물 2부〉 장면들.
옆쪽 위: 소품으로 사용된 낡은 여행 가방들.
옆쪽 아래: 〈해리 포터와 마법사의 돌〉에서 각자의 머리글자를 새긴 짐을 밀면서 9와 4분의 3번 승강장으로 향하는 신입생 해리 포터와 론 위즐리.

호그와트 급행열차

호그와트 급행열차는 〈해리 포터〉 영화 시리즈 내내 모습을 보인다. 기차는 호그와트의 신입생과 재학생 들을 태우고 런던에서 호그스미드 역까지 운행하고, 학생들은 그곳에서 다른 교통수단으로 갈아타고 호그와트로 향한다. 학년이 끝나면 열차는 다시 학생들을 태우고 런던으로 돌아온다. 제작진은 호그와트 급행열차를 만들기 위해 '올턴 홀'(5972번)이라는 이름의 폐기된 증기 기관차를 구했다. 그레이트 웨스턴 철도에서 1937년에 제조해 1963년까지 운행한 뒤 웨일스 남부의 고철 하치장에 버린 올턴 홀은, 1997년에 발견돼 〈해리 포터와 마법사의 돌〉 촬영용으로 전면 개조되었다. 그레이트 웨스턴 철도의 전통적 상징색인 진녹색과는 정반대되는 진홍색으로 몸체를 칠하고 엔진과 새 행선지 명판 "호그와트 성"을 단 기관차는, 영화를 찍지 않을 때는 관광 열차로 스카보러와 요크 사이를 운행하거나 셰익스피어 특급으로 스트랫퍼드 어폰 에이번까지 운행했다.

호그와트 급행열차의 내부와 외부는 동시에 촬영되지 않았다. 〈해리 포터와 마법사의 돌〉의 크리스 콜럼버스 감독은

위: 헬리콥터에서 촬영한 〈해리 포터와 혼혈 왕자〉 한 장면.
가운데, 오른쪽: 기차에 사용된 행선지 및 철도 회사 표시들.
옆쪽: 올턴 홀(5972번)을 개조한 호그와트 급행열차 기관차.

HOGWARTS
EXPRESS
5972
10
A

"뭐 필요한 거 없니?"

열차 내 간식 판매원, 〈해리 포터와 마법사의 돌〉

"안타깝게도 실제로 스코틀랜드로 가는 기차에서 그 장면들을 찍을 수는 없었"다고 말하며 "그래서 기차는 헬리콥터로 찍고 객실 장면은 그린스크린 앞에서 찍었죠"라고 털어놓았다.

기차 객실 외관은 콜럼버스가 좋아하는 영화에서 영향을 받았다. 비틀즈가 출연한 1964년 작 〈하드 데이즈 나이트〉다. "아마도 제가 가장 좋아하는 영화"일 것이라고 콜럼버스는 말한다. "그 영화에서 존, 폴, 조지, 링고가 앉아서 가는 객실과 똑같은 느낌을 내고 싶었어요. 그래서 스튜어트 크레이그가 객실을 다시 만들었죠."

오른쪽: 〈해리 포터와 마법사의 돌〉의 한 장면. 간식 판매원이 객실 앞에 서 있다.
아래: 어린 배우들은 촬영장에서 사탕을 마음껏 먹을 수 있었다.
옆쪽 위: 낡고 허름한 기차 객실은 〈마법사의 돌〉의 감독 크리스 콜럼버스의 의도에 따른 결과였다.
옆쪽 아래: 호그와트 급행열차가 '매매' 표시를 내건 집 앞을 지나가는 장면. 영화에는 나오지 않았다.

사용자: 호그와트 학생들, 간식 판매원

사용한 기계: 올턴 홀(5972번)

등장: 〈해리 포터와 마법사의 돌〉〈해리 포터와 비밀의 방〉〈해리 포터와 아즈카반의 죄수〉〈해리 포터와 불의 잔〉〈해리 포터와 불사조 기사단〉〈해리 포터와 혼혈 왕자〉〈해리 포터와 죽음의 성물 1부〉〈해리 포터와 죽음의 성물 2부〉

호그와트 성

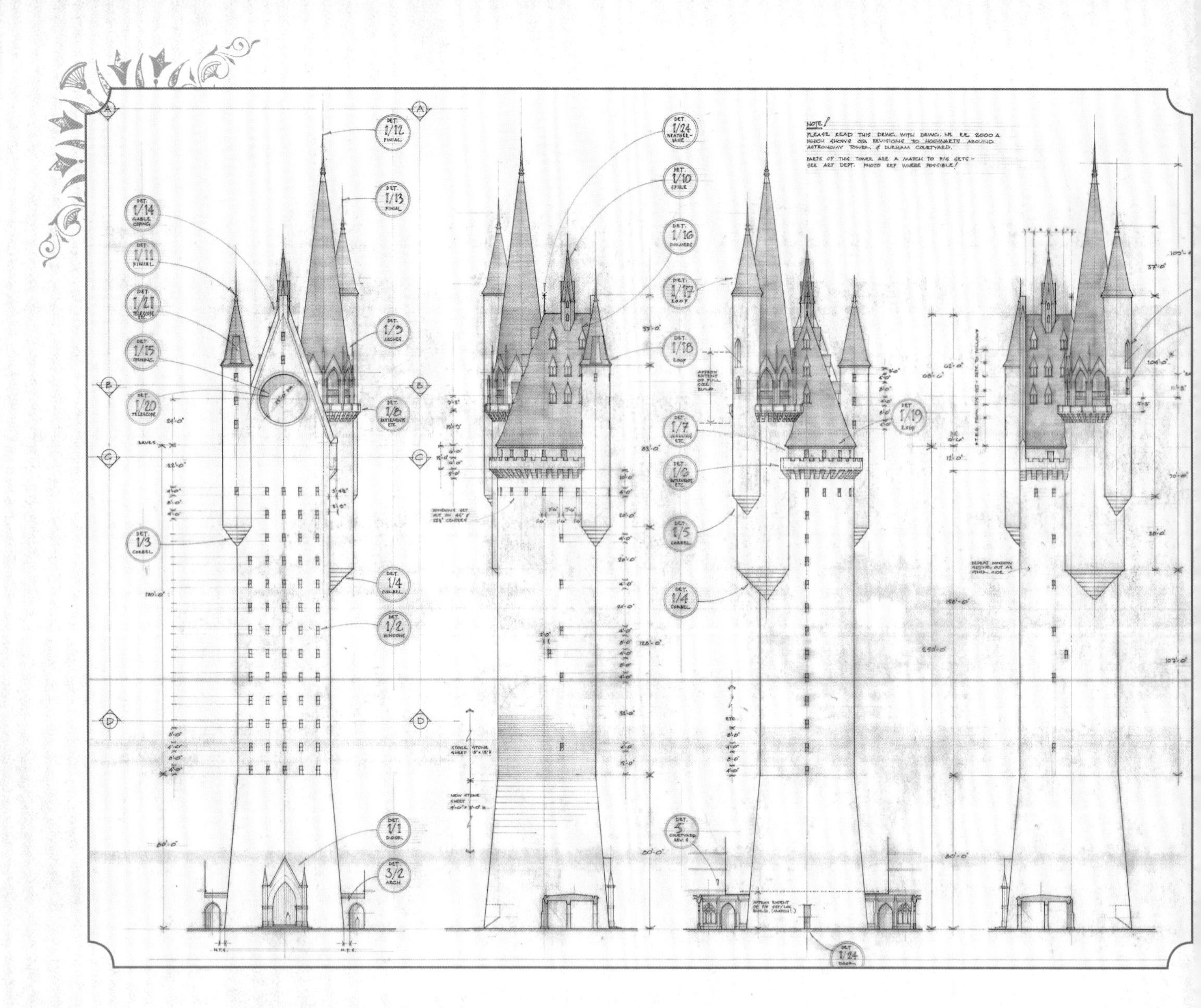

위: 호그와트 시계탑 디자인 360도 도면.
옆쪽: 영화 첫 편에서 맥고나걸 교수를 따라 연회장으로 들어서는 호그와트 학생들.

호그와트 성

프로덕션 디자이너 스튜어트 크레이그는 가장 대중적이고, 성공적이며, 영향력 있는 베스트셀러 시리즈의 가장 상징적인 장소를 스크린으로 옮기는 작업을 시작할 때 한 가지 질문을 던졌다. "가장 먼저, 그리고 가장 크게 든 의문은 호그와트가 얼마나 오래된 건물일까였어요." 크레이그는 말한다. "천년 역사를 지닌, 시대를 초월한 교육 기관이라고 하는데, 현존하는 건축물 가운데 그렇게 오래된 곳은 별로 없거든요." 크레이그는 답을 찾기 위해 처음에는 영어권에서 가장 오래된 교육 기관을 생각했다. 영국의 옥스퍼드와 케임브리지 대학이다. "유럽 고딕 양식으로 지어진 이 대학들은 강하고 극적인 외양을 지녔어요. 처음에는 아예 거기서 촬영을 했고, 나중에 세트를 지을 때도 그곳들의 모습을 본떴죠." 크레이그는 영국의 대성당들도 조사했는데, 이 장소들 역시 세트에 영향을 주었고 더 나아가 실제 촬영지로도 사용되었다. "처음 두 편을 위해 성 전체를 짓는 건 경제성도 현실성도 없었어요. 하지만 시리즈가 계속되면서 촬영소에 세트를 새로 짓자 실제 건물에서 촬영한 경험이 도움이 되었죠. 덕분에 세트를 더 현실적으로 지을 수 있었어요. 우리는 진짜처럼 보이기 위해 세부적 부분에 신경을 많이 썼어요. 칠의 마감, 풍화되고 부식된 모습을 모두 기록했죠. 비바람과 세월에 옛 건물들 안팎의 돌이 침식된 모습을 사진으로 찍어서 세트에 그대로 재현했어요. 그 점에서 실제 장소가 큰 도움이 되었죠. 환상이나 몽상 속에만 존재하는 건물을 짓는 것이 아니었으니까요." 시리즈 내내 크레이그는 이런 디자인 기본 원칙을 고수했다. "마법은 현실적인 것에서 나올 때 훨씬 더 강해진다고 생각해요."

크레이그는 웃으면서 말한다. "책 일곱 권을 미리 다 읽고 시작했다면 더 좋았겠죠. 하지만 호그와트가 이렇게 저렇게 변한 모습이 영화에 재미를 더했다고 생각해요. 어쨌거나 각 편

은 저마다의 통일성을 가졌고, 각 편 사이의 연속성보다는 작품 전체의 정신이 중요하다는 건 모두가 인정할 테니까요." 연회장, 덤블도어 교수의 방, 그리핀도르 휴게실 같은 일부 세트는 시리즈 내내 별다른 변화를 겪지 않았다. "그 세트들은 그야말로 10년 내내 그대로였어요. 두어 번 페인트를 칠하긴 했지만 언제나 그대로였죠. 아마도 영원히요."

8편의 영화를 찍으며 10년의 세월이 지나는 동안, 다른 모든 것과 마찬가지로 호그와트의 얼굴도 변했다. 크레이그는 성의 부분들을 고칠 일이 생길 때마다 기뻐했다. 하나의 예는 성의 중앙 현관인데, 초기에 그 장면은 옥스퍼드 대학 내 단과 대학인 크라이스트 처치의 유명한 부채 무늬 천장 아래서 촬영했다. "3편까지는 학생들이 소박한 현관으로 들어가서 웅장한 계단을 올라 2층의 연회장으로 갔어요. 하지만 〈해리 포터와 불의 잔〉의 크리스마스 무도회 장면에서는 학생들이 현관문 앞에 도착한 뒤 바로 안으로 들어가야 했죠. 크라이스트 처치에는 그렇게 할 장소가 없었어요. 그곳의 외부 문 앞 작은 마당에 마차가 들어갈 수 없어서 현관을 다시 만들었죠. 마지막 편에서는 전투가 벌어져야 해서 안뜰이 아주 커졌어요. 볼드모트가 학교를 위협하고 학생들이 방어에 나선다면, 그 전투는 중앙 현관을 둘러싸고 벌어져야 했거든요. 그래서 현관을 다시 만들고, 예전에 촬영한 더럼 성당 안뜰을 토대로 아주 넓은 안뜰을 지었죠."

크레이그는 다시 말한다. "1편의 호그와트에는 여러 장소가 혼합되어 있어요. 크라이스트 처치도 있고, 더럼 성당도 있고, 글로스터 성당과 애닉 성도 있죠. 학교의 최초 실루엣은 이런 장소들을 통합하느라 어쩔 수 없는 면이 있었고, 그래서 제가 원하던 모습과는 달랐어요. 시리즈가 진행되면서 실루엣을 개선할 기회가 생겨서 기뻤죠. 거대하고 복잡한 특징을 유지한 채로 점점 우아해질 수 있었어요."

위: 〈해리 포터와 마법사의 돌〉에서 배를 타고 성으로 가는 학생들.
오른쪽 위: 병동 내부와 폼프리 부인의 책상.
오른쪽 아래: 공중에서 바라본 호그와트 성의 겨울. 〈해리 포터와 불의 잔〉 중 애덤 브록뱅크 콘셉트 아트.

✶ 호그와트 전투 ✶

〈해리 포터와 죽음의 성물 2부〉에서는 호그와트 사람들과 볼드모트 경이 이끄는 어둠의 세력 사이에 최종 전투가 벌어지고, 해리 포터와 볼드모트의 마지막 대결이 펼쳐진다. 호그와트 성을 파괴하는 일은 스튜어트 크레이그에게 성을 짓는 일만큼 중요했다. 〈죽음의 성물 2부〉의 감독 데이비드 예이츠는 전투 장면을 대규모로 표현하고자 했다. 그래서 언제나처럼, 그러나 마지막으로 이야기에 따라 호그와트가 변형되었다. 크레이그는 "궁극적 전투를 위한 장소를 만들어야 했"다고 말한다. "그래서 대리석 계단을 500퍼센트 키웠죠. 안뜰은 다시 두 배 더 키우고, 다리와 접근로도 더 지었어요. 석상들이 뛰어내려서 전투에 참여하기 때문에 현관홀의 모양도 바꿨죠." 그는 호그와트 성 파괴가 단순히 때려 부순다고 되는 일이 아니었다고 말한다. 폐허도 애초의 상태만큼이나 특징을 잘 담아야 했다. "부서진 돌과 불탄 들보들 틈에서 연회장, 계단, 지붕 같은 파손된 영역을 알아볼 수 있어야 했어요." 실용적 측면도 고려됐다. "배경은 합판으로 만들었어요. 그래서 일부가 파괴되면, 부서진 합판의 가장자리만 보이죠. 스티로폼과 석고도 많이 보이고요. 그래서 호그와트 폐허는 옛것을 해체하는 것이 아니라 새것을 만드는 과정이 됐어요."

앞쪽: 〈해리 포터와 혼혈 왕자〉 속 해질 녘의 호그와트. 앤드루 윌리엄스 콘셉트 아트.
위, 오른쪽 아래: 파괴된 호그와트 성 세트 제작과 촬영 장면.
가운데: 호그와트 방어군과 침입자의 위치를 표시한 흰 종이 모형.
옆쪽: 호그와트 전투를 묘사하는 앤드루 윌리엄스의 콘셉트 아트.

이 어려운 과제를 위해, 시각 효과 팀은 처음으로 호그와트 전체의 디지털 모형을 만들었다. 선임 시각 효과 감독 팀 버크는 "1편 이후 계속 발전해온 모형을 스캔해서 작업할 건물의 모습을 남김없이 파악한 뒤 파괴된 학교를 지었"다. 디지털 모형이 완성되자, 데이비드 예이츠 감독은 실사 모형으로는 불가능한 여러 가지 아이디어를 실험해볼 수 있었다. 영화 제작 시 흔히 발생하는 일이지만, 호그와트 전투 장면과 파괴 이후의 모습은 전투 이전 장면들보다 먼저 촬영되었다. 소품 책임자 배리 윌킨슨과 소품 팀은 부드러운 폴리스티렌으로 수천 개의 잡석 조각을 만들고, 호그와트를 장식한 조각상 파편들도 만들어 세트에 흩뿌렸다. 스테파니 맥밀란이 말한다. "많은 사람이 몇 달 동안 잡석 조각을 만들었어요. 잡석은 아무리 많아도 지나치지 않았죠." 촬영이 완료된 후 이 잡석들은 모두 수거되었다. 스튜어트 크레이그는 파괴된 학교 세트를 만든 도전과 수고가 아주 값졌다고 말한다. "등 뒤로 해가 떠오르고 벽 사이로 연기가 솟아오르는 모습을 배경으로, 볼드모트와 해리가 폐허가 된 학교 앞 안뜰에서 마지막 대결을 펼치는 장면은 굉장히 풍성한 감정을 불러일으키죠."

아래: 볼드모트와 맞서 싸울 준비를 하는 해리 포터.
옆쪽, 위에서 아래: 맥고나걸 교수의 주문으로 생명을 얻은 중앙 조각상이 후플푸프의 상징인 오소리를 새긴 방패를 휘두르는 모습.
확장한 대리석 계단을 달려 내려오는 론과 헤르미온느.
〈해리 포터와 죽음의 성물 2부〉에서 호그와트 방어군과 침략자들이 폐허 위에 모여드는 모습.

"계단을 조심해야 돼. 수시로 움직이거든."

퍼시 위즐리, 〈해리 포터와 마법사의 돌〉

움직이는 계단

스튜어트 크레이그가 〈해리 포터와 마법사의 돌〉에서 맡은 최초의 임무 가운데 하나는 층과 층 사이를 움직이는 호그와트 계단을 만드는 일이었다. 그는 먼저 계단이 '어떻게' 움직일지를 결정해야 했다. 처음에는 에스컬레이터처럼 만들려고 했지만, 그가 말하듯 "계단이 대리석이라서 아무래도 그건 무리한 상상 같았"다. 크레이그는 다음으로 계단이 한 지점에서 다음 지점으로 90도 돈다는 아이디어를 생각해냈다. "계단이 벽에 붙어 있다가 공중을 가로질러서 일종의 다리 역할을 하는 거예요. 그게 기계적으로 가장 단순한 구조 같았죠." 그는 계단이 완벽한 정사각형 공간의 사면에 설치된 모습을 구상했다. "그 사면의 계단이 역시 정사각형인 위쪽의 공간으로 이어지고, 그것이 또 위쪽으로 이어지는 거예요. 이중 나선하고 비슷하지만 서로를 감싸지는 않죠. 그런데 어째서인지 이 단순한 구조와 기계 동작이 복잡한 기하학적 패턴을 이루더라고요." 그렇게 해서 해리 포터가 움직이는 계단을 처음 보았을 때 그 모습은 상당히 멋지다. 〈마법사의 돌〉의 움직이는 계단은 해리, 론 위즐리, 헤르미온느 그레인저를 출입 금지 구역인 3층 복도에 데려다주고, 거기서 그들은 마법사의 돌을 지키는 머리 셋 달린 개 플러피를 만난다. 특수 효과로 촬영한 이 장면에서 배우들은 그린스크린 앞에서 유압식 장치로 움직이는 하나의 계단 위에 있었다.

중앙 대리석 계단 옆에는 그림 속 인물이 움직이고 학생들에게 말도 하는 마법 초상화 250점이 걸려 있다. 이 그림들은 몇 개 부서가 협력해서 만들었다. "각 편의 소품을 담당하는 미술 감독이 어떤 초상화가 필요한지 조사해서 작업을 의뢰하고 진행해야 했어요." 세트 장식가 스테파니 맥밀란이 말한다. 시리즈 내내 루신다 톰슨, 알렉스 워커, 해티 스토리가 이 임무를 맡아서 진짜 고전 회화를 연구해, 그 그림들을 본뜬 새 그림을 만들었다. 의상, 소품, 분장 팀도 힘을 보탰다. 풍경화는 풍경 사진을 찍어서 디지털로 회화 같은 질감을 준 뒤 '니스 칠'을 해서 진짜 유화처럼 만들었다. 그림 중에는 스튜디오 미술가들이 유명 화가들의 '화풍'을 흉내 내서 직접 그린 것이 많으

위: 〈해리 포터와 마법사의 돌〉에서 해리, 론, 헤르미온느가 플러피가 있는 방으로 통하는 계단을 올라가고 있다.
옆쪽 위: 초상화 배치를 예시한 움직이는 계단 흰 종이 모형.
옆쪽 아래: 앤드루 윌리엄스 콘셉트 아트.

사용자: 호그와트 학생과 교사들, 그림들

세트 모델: 잉글랜드 옥스퍼드셔주 옥스퍼드 대학 내 크라이스트 처치 대학 계단

등장: 〈해리 포터와 마법사의 돌〉〈해리 포터와 비밀의 방〉〈해리 포터와 아즈카반의 죄수〉〈해리 포터와 불의 잔〉〈해리 포터와 불사조 기사단〉〈해리 포터와 혼혈 왕자〉〈해리 포터와 죽음의 성물 2부〉

며, 전체적으로 이집트부터 르네상스를 지나 20세기 초반까지의 회화 역사를 담고 있다. 하지만 초상화 속 인물들은 주로 제작진이나 스태프, 또는 그들의 가족이다. ('헨리 범블퍼프트, 1542년'이라고 적힌) 스튜어트 크레이그의 초상화는 중앙 계단에서 눈에 잘 띄는 위치에 걸려 있다. 그림 속 인물이 움직이는 초상화는 추가 디지털 작업용으로 액자 안에 블루스크린을 붙여서 벽에 걸었다. 〈해리 포터와 죽음의 성물 2부〉에서는 그림 속 인물들이 모두 달아나서 배경만 남은 초상화들을 다시 만들어야 했다.

연회장

"새벽에 연회장 세트에서 〈해리 포터와 마법사의 돌〉 촬영을 시작하던 일이 생생하게 기억나네요." 1편과 2편을 감독한 크리스 콜럼버스가 소회를 밝혔다. "엄청나게 추웠어요. 당시 리브스덴은 지은 지 얼마 안 됐고 지붕에서는 비가 샜죠. 가끔 밖에서 자동차와 비행기 소음도 들렸어요. 하지만 그곳에 진정한 마법이 있는 것 같았죠."

호그와트 연회장은 잉글랜드의 유명 건물 몇 곳을 합성해 만들었다. 기숙사 배정식을 하기 전에 모이는 연회장 입구는 잉글랜드 고유의 정교한 부채 모양 장식 천장으로 유명한 옥스퍼드 대학 내 크라이스트 처치 대학 연회장 앞 계단이다. 호그와트 연회장의 크기는 가로세로가 12미터와 36미터로, 16세기에 지어진 크라이스트 처치 연회장과 똑같다. 천장은 국회의사당 웨스트민스터 홀의 외팔들보 천장을 본떴는데, 스튜어트 크레이그가 거기에 몇 가지 수정을 더했다. "영화 세트에서 가장 중요한 건 창문이라고 생각해요. 창문은 세트의 눈이죠. 크라이스트 처치 대학의 창문은 아주 높이 달려 있어서, 대부분의 경우 영화 프레임에서 잘려요. 그래서 창턱을 낮추고 세트 한쪽 끝에 거대한 돌출창을 만들어 시선이 집중되도록 했죠." 그러나 그 외에는 별다른 장식을 더하지 않았다. "전혀 복잡하지 않은, 아주 단순한 구조예요. 두세 가지 고전적 특징이 멋진 효과를 발휘했죠. 한꺼번에 너무 많은 아이디어를 반영하면 오히려 흥미를 떨어뜨린다고 생각했거든요." 연회장 세트와 관련해서 크레이그가 내린 가장 중요한 결정은 바닥에 요크스톤이라는 진짜 사암을 깐 것이었다. "책이 7권까지 나올 거라고 했지만, 영화 촬영을 시작할 때는 2권까지만 나온 상태였어요. 1편이 성공하기 전에는 2편 영화를 만들지 어쩔지도 장담할 수 없었죠." 하지만 그는 오랜 영화 제작 경험에 근거한 직감을 믿었다. "석고나 유리섬유처럼 평소에 쓰는 재료로 세트를 만들면 페인트가 벗겨졌을 거예요. 때로는 모조품을 쓰는 편이 진짜 재료를 쓸 때보다 수고도 돈도 더 많이 들죠." 요크스톤을 깐 바닥은 10년 동안 수많은 카메라 트랙과 조명 장치, 배우 수백 명의 발길을 견뎌주었다.

크리스 콜럼버스 감독이 말한다. "우리는 연회장에 불을 많이 피웠어요. 그곳에는 마법과 온기와 사랑이 가득해야 했거든요." 연회장 한쪽에 호그와트 문양을 새긴 대형 벽난로가 자리 잡았고, 벽에는 각 기숙사를 상징하는 동물 네 마리가 횃불 받침을 든 조각이 위치했다. "하지만 이번에도 당연히 몇 가지 난관이 있었어요. 떠다니는 촛불과 끝없이 변하는 천장이 특히 그랬죠."

특수 효과 감독 존 리처드슨은 말한다. "우리는 연회장에

옆쪽: 연회장 세트의 문.
위: 〈해리 포터와 마법사의 돌〉에서 기숙사 배정을 기다리는 신입생들.
오른쪽: 슬리데린, 후플푸프, 그리핀도르, 래번클로 각 기숙사의 점수를 기록하는 모래시계.

사용자:
호그와트 학생, 교수, 유령

세트 모델:
잉글랜드 옥스퍼드셔주 옥스퍼드 대학 내 크라이스트 처치 대학 연회장

진짜 촛불 370개를 띄웠고, 모두가 각기 다른 타이밍으로 위아래로 움직였어요. 정말로 마법 같았죠." 리처드슨과 팀원들은 그 많은 촛불을 공중에 띄우는 데 필요한 온갖 어려움을 거의 다 해결했는데, 촛불 하나당 3~4.5미터 길이의 와이어를 두 줄씩 묶어 배우 400명의 머리 위에 띄운 후에 그것들이 위아래로 움직일 수 있게 만들었다. 리처드슨이 말한다. "우리는 빠르게 움직여야 했어요. 초에 빨리 다가가서 불을 켜고 또 꺼야 했죠. 그것을 해냈고요." 크리스 콜럼버스는 그들의 노력에 감탄했다. "연회장에서 촬영한 첫 장면이 기억나요. 카메라가 공중에 뜬 많은 촛불을 헤치고 내려가는 숏이었죠. 촛불을 매단 줄은 전혀 보이지 않았어요." 하지만 연회장 세트에 외풍이 들어와서 와이어에 매단 촛불이 자주 꺼졌고, 촛불을 한 시간 정도 켜두면 열기에 와이어가 끊어져서 초가 떨어졌다. 현실적인 이유와 안전을 고려해 디지털로 다시 만들어진 촛불은 후에 시각효과 아티스트들이 시리즈 전체에 걸쳐 원형이나 층층 구조 등 여러 가지 다른 방식으로 배치해 사용하였다. 핼러윈 때는 호박 촛불이 만들어졌다.

헤르미온느 그레인저가 해리 포터와 함께 연회장에 들어가면서 말하듯, 호그와트의 천장은 진짜가 아니라 마법으로 만든 것이다. 스튜어트 크레이그는 변하는 천장의 모습을 몇 가지 방식으로 생각해보았는데, 어쨌건 이차원 그림처럼 만들고 싶지는 않았다. 처음에는 천장이 유리로 되었거나 아니면 그냥 하늘로 이루어졌다고 생각해보았다. 크레이그가 웃으며 말한다. "이 비현실적인 아이디어를 그림으로 그려봤어요. 그랬더니 천장의 들보 안으로 구름이 보여야 하더라고요. 하지만 그렇게 하면 카메라에 문제가 생기죠. 지붕이 하늘로 이루어졌다는 생각은 너무 말도 안 돼서 진척이 되지 않았어요." 크레이그와 콘셉트 아티스트 더멋 파워는 움직이는 하늘이 천장을 가로지르는 가상 구체의 일부라는 가설을 일러스트레이션으로 그려보았다. 이 가설에 토대해서 하늘과 천장을 컴퓨터로 만들자, 디지털 아티스트들에게 작업의 하한선이 생겨서 연회장에 눈이나 비가 올 때는 항상 같은 높이의 선에서 사라졌다. 연회장 바깥의 '진짜' 풍경을 위해서는 세트 전체를 감싸는 거대한 사이클로라마(하늘이나 자연 풍경 따위를 표현할 때 쓰는 원형 파노라마—옮긴이)를 손으로 직접 그렸다. 크레이그가 말한다. "대형 배경 그림에 호그와트에서 바라본 풍경을 담았어요. 창밖으로 눈길을 던질 때마다 그 배경 그림이 보이죠. 하지만 늘 똑같은 그림은 아니에요. 영화 속 장면이 겨울이면 산꼭대기마다 눈이 그려져 있죠."

그런 뒤 세트 장식가 스테파니 맥밀란이 공간을 채웠다. "필요한 물건은 만들거나 빌리거나 샀어요. 연회장에 놓을 가구는 만들어야 했죠. 30미터 길이 테이블이나 그 앞에 놓을 30미터 길이 벤치는 어디서도 살 수가 없으니까요!" 그렇게 제작된 테이블은 수 세대의 학생들이 사용한 것처럼 보이도록 낡고 닳은 모습이 되어야 했기 때문에, 어린 배우들은 테이블에 이름이나 그림을 마음껏 새겨 넣을 수 있었다.

위: 〈해리 포터와 마법사의 돌〉에서 연회장에 촛불들이 떠다니는 장면 스틸 사진. 몇 번의 실험 끝에 촛불은 디지털 기술로 채워졌다.
오른쪽, 옆쪽: 〈해리 포터와 아즈카반의 죄수〉에서 잠든 학생들 위로 밤하늘이 투사되는 모습을 보여주는 더멋 파워의 그래픽과 콘셉트 아트.

Tropicus Capricorni
Pars humana
Centaurus
Chiron
Argo Nauis
Cruzero
Hydra

✶ 크리스마스 무도회 ✶

〈해리 포터와 불의 잔〉에서 트리위저드 시합의 전통인 크리스마스 무도회가 열릴 때는 연회장이 무도회장으로 사용되었다. 스튜어트 크레이그와 스테파니 맥밀란은 연회장이 파티에 어울리는 장소는 아니라고 생각했다. 맥밀란이 말한다. "스튜어트와 함께 연회장을 들여다보면서 '이걸 어떻게 바꿀 수 있을까요?'라고 물었죠." 크레이그도 말한다. "연회장은 무거운 석재로 이루어져 약간 위압적인 분위기예요. 색조도 갈색이고, 천장과 공중의 촛불만 빼면 별로 파티를 할 만한 곳 같지가 않죠." 맥밀란은 책에서 얼음 궁전 같다고 묘사되는 그곳을 은색으로 꾸미기로 했지만 방법이 문제였다. 크레이그가 말한다. "은색 페인트는 광택이 없어서 별로 반짝이지 않아요. 자칫하면 그냥 회색 돌처럼 보이죠." 시빌 트릴로니의 점성술 교실을 휘장으로 꾸몄던 일을 떠올린 맥밀란은 방화 가공한 은색 루렉스 천을 대량 구매해 벽에 붙이고, 천장 지지대를 감싸고, 창문에 늘어뜨리고, 테이블을 덮었다. 천을 쓰지 않은 곳들과 방끝의 크리스마스트리, 24인조 오케스트라 악기까지 포함해서 모두 은색이었다. "그러자 어느 순간 탄력이 붙었어요." 맥밀란이 말한다. 얼음 궁전 분위기는 횃불 받침에서 고드름 덮인 천장까지 전체를 관통했다.

맥밀란은 좌석 배치도 바꾸었다. 홀에 긴 테이블 대신 4미터 지름의 원탁들을 놓고, X자형 다리에 등받이가 없는 프랑스풍 은색 의자 250개를 둘러놓았다. 테이블에는 브라이턴의 로열 파빌리온을 본뜬 얼음 조각을 놓았는데, 실제로는 송진으로 만든 후에 아래쪽에 파란색 젤을 놓아 빛나게 한 것이었다. 테이블 음식도 대개 송진으로 만들었다. 런던의 유명 수산 시장 빌링스게이트에 가서 바닷가재, 게, 새우 등을 산 맥밀란의 팀원들은, 그중 일부를 송진 모형을 만드는 데 쓰고 일부는 진짜 음식으로 테이블에 놓았다. 진짜 음식은 조명 아래에서 상하지 않도록 특수 처리를 해야 했는데, 그래서 전혀 먹을 수 없었지만 냄새도 나지 않았다.

옆쪽 위: 크리스마스 무도회에서 춤추는 학생들.
위: 〈해리 포터와 불의 잔〉에서 함께 춤추는 헤르미온느와 빅터 크룸(스타니슬라프 이아네프스키).
아래: 일부에 은색 루렉스 천을 사용해 분위기를 우아하게 바꾼 연회장.

그리핀도르 휴게실

스튜어트 크레이그는 그리핀도르 휴게실에 "(쿠션을 직접 디자인한) 낡은 소파와 낡은 카펫, 거대한 벽난로로 따뜻하고 편안한 느낌을 주고자" 했다. 크레이그는 특히 벽난로를 강조했다. "벽난로는 매우 중요해요. 해리는 이전까지 이모네 집에서 힘들게 살았거든요. 휴게실은 해리가 태어나서 처음 경험하는 집처럼 안온한 공간이에요. 화려한 태피스트리로 감싼 벽난로와 붉은색 계열로 장식한 이 방은 거의 어머니 배 속처럼 포근한 느낌을 주죠."

그는 책에서 설명이 부족한 부분을 채우기 위해 다양한 시대의 건축과 장식을 연구하는 팀을 만들었다. 휴게실을 장식하는 붉은색과 황금색 태피스트리는 연구 팀의 실리아 바넷이 발굴한 것이다. 크레이그가 말한다. "실리아가 내게 파리 클뤼니 박물관에 있는 이 멋진 진홍색 태피스트리를 보여줬어요. 아름다운 프랑스 여인과 유니콘이 그려진 태피스트리였죠. 우리는 박물관에 그것을 복제해도 좋을지 허락을 구했어요." 박물관은 기쁘게 허락하며 15세기 작품 〈숙녀와 유니콘〉의 슬라이드를 주었고, 디자인 팀이 그것을 디지털로 옮겼다.

스테파니 맥밀란이 말한다. "몇 가지 변화만 빼면 휴게실은 시리즈 내내 변하지 않았어요." 휴게실에 늘 있던 소품 하나

위, 오른쪽: 석조 성과 대조되는 따뜻한 분위기의 휴게실 모습을 담은 스틸 사진들. **아래, 옆쪽:** 그리핀도르 휴게실은 시리즈 내내 변하지 않은 얼마 되지 않는 세트 가운데 하나다.

는 그래픽 팀에서 만든 마법사 만화책《미치광이 머글 마틴 미그스의 모험》이었다. 안내판의 공지 사항은 해마다 바뀌었고, 《이러쿵저러쿵》 잡지와 《예언자일보》 최신 호도 여기저기 흩어져 있다. 〈해리 포터와 아즈카반의 죄수〉에서 알폰소 쿠아론 감독은 휴게실에 움직이는 초상화를 두자고 제안했다. "그래서 옛 그리핀도르 사감들의 초상화와 작은 퀴디치 유화를 만들고, 마법사들이 카드놀이를 하는 호가스풍 그림도 그렸죠." 맥밀란은 휴게실을 '본거지'라고 칭했다. 영화의 모든 시리즈가 마무리되어갈 무렵에 "휴게소와 기숙사를 결합한 세트가 파괴되었을 때는 '이런, 집이 없어졌어' 하는 느낌이었어요"라고 맥밀란은 말한다.

"암호는?"

뚱뚱한 여인의 초상화, 〈해리 포터와 마법사의 돌〉

사용자: 그리핀도르 학생들

등장: 〈해리 포터와 마법사의 돌〉 〈해리 포터와 비밀의 방〉 〈해리 포터와 아즈카반의 죄수〉 〈해리 포터와 불의 잔〉 〈해리 포터와 불사조 기사단〉 〈해리 포터와 혼혈 왕자〉

그리핀도르 남학생 기숙사

양쪽: 시리즈 내내 따뜻하고 즐거운 분위기를 자아낸 남학생 기숙사 스틸 사진들.
옆쪽, 왼쪽 아래: 안경, 교과서, 지팡이, 호그와트 비밀 지도가 놓인 해리의 침대 옆 테이블.
아래: 둥근 형태를 한 기숙사 도면.

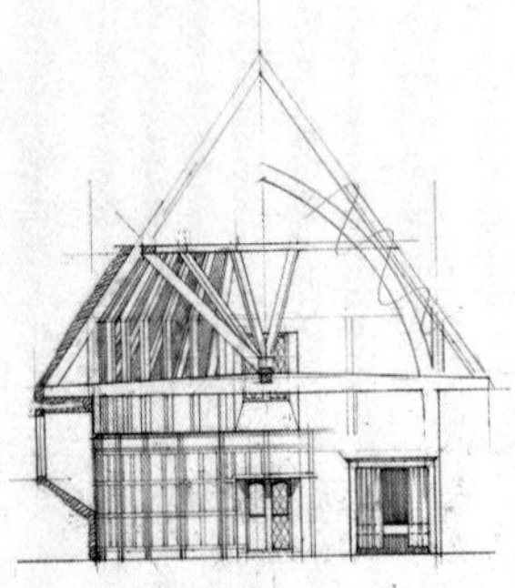

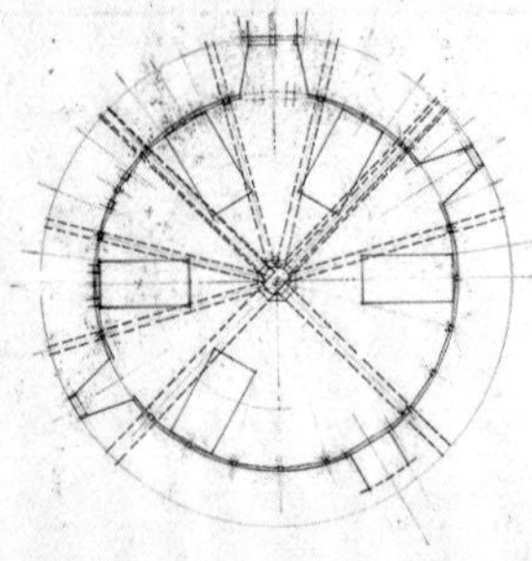

스튜어트 크레이그는 그리핀도르 남학생 기숙사 역시 친밀한 공간으로 만들고자 했다. 그는 "해리의 불안한 심리는 영화의 중요 주제 가운데 하나였"다고 말하며 "기숙사와 해리의 기둥 침대를 디자인할 때 우리는 이곳이 해리의 피난처라는 사실을 깊이 유념했어요"라고 말했다. "해리에게 기숙사는 어느 곳보다 편안한 공간이에요. 그래서 이곳을 일부러 작게 만들었죠. 침대에 커튼을 달아 그를 감싸도록 했는데, 호그와트의 거대함과 대조되는 안온함이 느껴지죠." 꼭대기에 로마 숫자를 새긴 침대 틀은 "중간에서 어두운 계열의 참나무"로 만들어졌는데, "영국 학교 가구의 표준 같"다고 스테파니 맥밀란은 말한다. 커튼은 당연히 그리핀도르를 상징하는 진홍색 천에 금색으로 마법과 천문학의 상징과 이미지가 찍힌 것으로 하고자 했는데, 그런 물건을 찾아 몇 주 동안 골동품 상점과 포목점을 뒤졌지만 헛수고일 뿐이었다. 결국 그 천을 직접 만들기로 한 맥밀란은 마지막 순간에 런던의 한 가게에서 원하던 디자인을 발견했다. 하지만 약간의 문제가 있었다. "디자인은 제가 원하는 것이었는데, 안타깝게도 보라색이었어요. 정확히 말하면 회보라색이었죠." 맥밀란이 가게 주인에게 무늬는 마음에 들지만 색이 마음에 들지 않는다고 말하고 나가려고 하자 주인이 "어떤 색깔을 원하시나요?"라고 물었고, 이후에 그리핀도르 기숙사 색깔인 진홍색 커튼 재료를 구해주었다.

방 가운데의 주물 난로는 맥밀란이 다른 영화에서 이미 사용해본 경험이 있는 프랑스 회사 고댕의 제품이다. 침대 옆 테이블들에는 저마다의 관심사를 반영하는 물건들이 놓였다. 퀴디치 팀 처들리 캐넌스의 열혈 팬 론 위즐리의 테이블에는 그 팀의 포스터와 페넌트, 퀴디치 잡지 《주간 수색꾼》이 놓였다. 네빌 롱바텀은 식물에 대한 책들을, 아일랜드인인 시무스 피니간은 아일랜드의 상징인 클로버를 테이블에 두었다. 〈해리 포터와 불의 잔〉에서 시무스는 "아일랜드 대표 퀴디치 팀을 응원했고, 그래서 퀴디치 월드컵이 끝났을 때 그의 테이블에 관련 기념품을 놓았"다고 스튜어트 크레이그는 말한다. 청소년 시기와 관련 있는 물건들은 (톨리판 여드름 연고와 퍼거스 무좀약까지) 그래픽 팀에서 만들었다. 시리즈가 거듭되는 동안 배우들은 자라났지만, 침대는 애초의 175센티미터 크기 그대로였다. 영화를 찍을 때는 카메라 조작으로 침대 매트리스 밖으로 튀어나온 발을 감추었다.

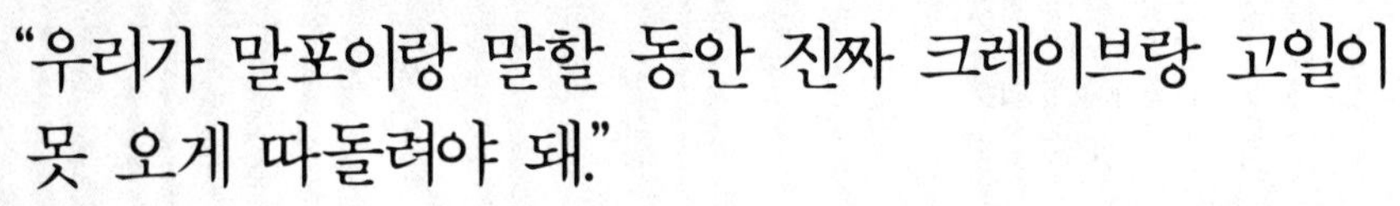

"우리가 말포이랑 말할 동안 진짜 크레이브랑 고일이 못 오게 따돌려야 돼."

헤르미온느 그레인저, 〈해리 포터와 비밀의 방〉

위: 드레이코 말포이(오른쪽 위)에게 접근하기 위해 폴리주스 마법약을 마시고 크레이브와 고일로 변신한 해리와 론.
오른쪽: 호수에 굴절된 빛이 들어오는 슬리데린 휴게실 모습. 앤드루 윌리엄슨 그림.

슬리데린 휴게실

〈해리 포터와 비밀의 방〉에서는 슬리데린 소속 학생 드레이코 말포이와 그의 두 친구 크레이브와 고일이 사용하는 휴게실이 나온다. 이곳은 모든 면에서 그리핀도르 휴게실과 대조되는데, 높은 탑에 기거하는 그리핀도르 학생들과 달리 슬리데린의 휑뎅그렁한 휴게실은 호수 아래에 위치한다. 스튜어트 크레이그는 그 방에 "단단한 바위를 파서 만든" 것처럼 강하고 억센 느낌을 주고자 했다. 요르단의 페트라 보물 창고 유적지처럼, 슬리데린 휴게실은 하나의 돌을 깎아 만든 듯한 모습을 보인다. 크레이그가 이 방에 적용한 건축 스타일은 성의 다른 부분들보다 더 과거 시대의 것이다. "중세 초기인 노르만 또는 로마네스크 양식과 비슷해서 다른 곳들과 약간 느낌이 다르죠. 하지만 그런 느낌은 무의식적으로 감지될 뿐이에요." 스테파니 맥밀란은 이 천장 높은 지하 감옥 같은 방을 슬리데린을 상징하는 은색과 녹색으로 꾸몄다. "검은 가죽 소파를 놓고, 벽에는 붉은색을 모두 뺀 녹색과 청색 태피스트리들을 걸었어요." 덕분에 물속 같은 느낌이 물씬 나는 이 휴게실은 뱀 무늬를 새긴 은 제품들로 장식됐다. 벽난로는 그리핀도르의 벽난로 못지않게 크지만 불이 타오르지 않아 차갑고 어두운 느낌을 준다.

사용자:
슬리데린 학생들

촬영 장소:
리브스덴 스튜디오

등장:
〈해리 포터와 비밀의 방〉

사용자:
부엉이 집배원들과
학생들의 개인 부엉이

촬영 장소:
리브스덴 스튜디오

등장:
〈해리 포터와 불의 잔〉

부엉이장

〈해리 포터와 불의 잔〉에서는 모든 학생이 크리스마스 무도회를 위해 파트너를 구해야 했다. 해리 포터는 부엉이장에서 초 챙에게 파트너가 되어달라고 부탁하지만, 초 챙은 이미 케드릭 디고리와 약속했다며 거절한다. 부엉이장은 이전의 영화에서도 언급되지만, 영화에 등장한 것은 이때가 처음이다. 〈해리 포터〉 영화의 많은 세트들처럼 부엉이장도 실제 세트, 미니어처, 특수 효과를 결합해 만들어졌다. 스튜어트 크레이그는 부엉이장을 디자인할 때도 건축물을 조각 작품처럼 다룬다는 원칙을 고수했다. "부엉이장은 하나가 아니라 두 개예요. 두 개의 탑이 붙어 있죠. 층층 구조로 되었고, 계단이 있어요. 그런 구조는 항상 흥미로운 공간을 만들죠. 창밖으로 호그와트 성과 새로 지은 다리도 보이고, 공사 중인 세 번째 시험 미로도 보여요." 크레이그는 부엉이장이 강렬한 모습으로 눈길을 잡아끌기를 원했다. "우리는 가장 멋진 실루엣을 찾아서, 그것을 비현실적으로 보이는 별 모양 바위 위에 세웠어요. 그런 뒤에 스코틀랜드의 인버네스에서 촬영한 돌산에 올렸죠."

부엉이장에는 가짜 부엉이뿐 아니라 살아 있는 실제 부엉이들도 들어가야 했기 때문에 크레이그는 동물 감독 게리 제로와 방법을 논의했다. 크레이그는 부엉이장의 내부 디자인을 통일하고 싶었지만, 새들의 크기가 각기 달라서 안전을 위해 다양한 크기의 부엉이가 들어갈 수 있도록 만들어야 했다. 크레이그는 결국 어떤 종의 부엉이도 안으로 날아들어서 횃대에 앉을 수 있는 크기와 모양의 공간을 고안해냈다. 가짜 부엉이들은 카메라에서 먼 곳에, 진짜 부엉이들은 각종 플라스틱과 기계 장치와 디지털 새들과 함께 가까운 곳에 자리 잡았다. 촬영 중에 진짜 새들에게는 '제시'라고 하는 가볍고 투명한 안전선을 묶었는데, 부엉이들은 부엉이장 주변을 날 때도 제시를 장착했다. 부엉이가 가장 많이 등장하는 장면에서는 진짜 부엉이 60마리가 나왔는데, 대부분 구조 센터에서 빌려 온 동물이었다. 하지만 큰 부엉이와 작은 부엉이를 함께 날게 할 수가 없어서(한쪽이 도시락이 될 수 있다) 크기별로 따로따로 촬영한 뒤에 합성했다. 부

“계단 조심해. 얼음이 있어.”

초 챙, 〈해리 포터와 불의 잔〉

엉이는 대개 야행성이지만 제로의 팀은 낮에 촬영할 수 있도록 새들을 훈련시켰다. 물론 때로는 낮잠도 잤다.

부엉이장의 부엉이 똥은 스티로폼으로 만든 겉면에 석회와 물감을 뿌려 완성했다. 세트를 짓고 꾸밀 때 세세한 곳까지 꼼꼼하게 신경 쓰는 원칙은 영화에 사용한 호그와트 모형에도 적용되었다. 모형에 딸린 부엉이장에는 종과 크기가 제각각인 미니어처 부엉이가 가득했다.

위: 〈해리 포터와 불의 잔〉에서 진짜와 가짜 부엉이 들에 둘러싸여 있는 해리.
오른쪽 가운데, 왼쪽: 부엉이장의 내부와 외관을 그린 앤드루 윌리엄스의 콘셉트 아트.
옆쪽 위: 부엉이장의 스태프.

"해리나 도와줘. 도서관에서 니콜라스 플라멜에 대한 자료 조사할 거니까."

헤르미온느 그레인저, 〈해리 포터와 마법사의 돌〉

도서관

〈해리 포터와 마법사의 돌〉에서 해리는 니콜라스 플라멜과 마법사의 돌에 대해 자세히 알아보기 위해 투명 망토를 쓰고 호그와트 도서관의 금서 구역으로 간다. 도서관 장면을 위해서 제작진은 옥스퍼드 대학의 40개 보들리언 도서관 중 하나인 듀크 험프리 도서관을 촬영지로 선택했다. 듀크 험프리 도서관은 옥스퍼드 대학에서 가장 오래된 도서관으로, 그 역사가 1400년대 중반까지 거슬러 올라간다. 스튜어트 크레이그는 "그 아름다운 도서관에서 촬영하는 일은 아주 힘들었어요"라고 말한다. "촬영 허가를 받는 일조차 그랬어요. 당연한 일이지만 제한 사항이 엄격해서 원하는 대로 카메라 각도를 잡을 수 없을 때가 많았죠. 그래서 다음 편부터는 도서관을 직접 지었어요." 듀크 험프리 도서관은 아주 오래된 책들을 서가의 고정 틀에 사슬로 묶어두는데, 크레이그는 리브스덴 스튜디오에 도서관을 지을 때 이 방법을 모방했다.

해리는 〈해리 포터와 불의 잔〉의 트리위저드 시합 두 번째 시험 때도 도서관에서 방법을 찾고, 〈해리 포터와 혼혈 왕자〉에서는 헤르미온느와 함께 도서관에 와서 호크룩스에 대한 정보를 찾는 중에 로밀다 베인이 그의 관심을 끌려 한다. 영화 속 도서관의 책들은 목적에 따라 각기 다른 재료로 제작되었다. 스테파니 맥밀란이 말한다. "아주 멋진 가죽 책도 만들고 스티로폼 같은 재료로도 책을 만들었어요. 때로는 책이 공중을 날았죠! 높이 쌓인 책 더미들도 있는데, 그 책들은 가벼워야 했어요." 〈혼혈 왕자〉에서는 헤르미온느와 해리가 론에 대해 이야기할 때 책들이 헤르미온느의 손을 떠나 서가에 탁탁 날아가 꽂히는 장면이 있는데, 이 장면에는 단순한 특수 효과가 사용됐다. 에마 왓슨이 책을 내밀면 그린스크린 장갑을 낀 스태프가 서가 뒤에서 손을 내밀고 있다가 책을 받아서 서가에 넣은 것이다. 손은 이후에 디지털로 삭제되었다.

위: 〈해리 포터와 불의 잔〉 콘셉트 아트(앤드루 윌리엄슨).
오른쪽: 〈해리 포터와 마법사의 돌〉에서 금서 구역을 살피는 해리.
옆쪽: 〈해리 포터와 혼혈 왕자〉의 한 장면. 그린스크린 장갑을 낀 스태프들이 책을 잡으려고 손을 뻗고 있다. 이 손은 나중에 디지털로 삭제되었다.

사용자: 핀스 부인, 학생들

촬영 장소: 잉글랜드 옥스퍼드셔주 옥스퍼드 대학 내 보들리언 도서관에 속한 듀크 험프리 도서관, 리브스덴 스튜디오

등장: 〈해리 포터와 마법사의 돌〉 〈해리 포터와 비밀의 방〉 〈해리 포터와 불의 잔〉 〈해리 포터와 혼혈 왕자〉

병동

호그와트 도서관처럼 〈해리 포터와 마법사의 돌〉과 〈해리 포터와 비밀의 방〉의 병동 장면도 옥스퍼드 대학 보들리언 도서관에서 촬영됐는데, 이번 장소는 신학교였다. 역시 15세기 말에 지어진 신학교 건물의 천장은 리에르느 공법으로 부채꼴 무늬를 장식한 대표적인 예다.

〈해리 포터와 아즈카반의 죄수〉에서는 리브스덴 스튜디오에 병동을 지으면서 구조를 약간 바꾸었다. 병동은 이제 복도로 연결되고, 그 끝에 시계탑 추의 윗부분이 보인다. 샹들리에 조명도 추가되었다. 침대는 여덟 개가 있고, 침대 끝마다 호그와트 문양을 찍은 종이에 환자의 상태를 적은 클립보드가 걸려 있다. 약장에 가득한 알약과 물약의 약병 상표는 모두 그래픽 팀에서 만들었다. 병동은 〈해리 포터와 혼혈 왕자〉에서도 변하지 않는다. 해리가 날린 섹튬셈프라 저주로 다친 드레이코가 그곳에서 치료를 받고, 해리가 받았어야 할 사랑의 묘약을 잘못 먹은 론 또한 병동으로 온다.

예리한 관객이라면 〈해리 포터와 불의 잔〉에서 맥고나걸 교수가 크리스마스 무도회에 앞서 그리핀도르 학생들에게 왈츠를 가르치던 방이 병동을 개조한 곳임을 알아볼 수도 있을 것이다.

양쪽, 왼쪽 위부터 시계 방향: 〈해리 포터와 마법사의 돌〉 스틸 사진.
〈해리 포터와 아즈카반의 죄수〉에서 시간을 돌리는 시계를 사용하려고 하는 해리와 헤르미온느.
소품 시계.
〈해리 포터와 아즈카반의 죄수〉에 나오는 병동 세트.

"폼프리 부인이 있는 병동에 가서 치료 받으셔야 돼요."

해리 포터, 〈해리 포터와 혼혈 왕자〉

사용자: 폼프리 부인, 병에 걸리거나 다친 학생들

촬영 장소: 잉글랜드 옥스퍼드셔주 옥스퍼드 대학 보들리언 도서관 내 신학교, 리브스덴 스튜디오

등장: 〈해리 포터와 마법사의 돌〉 〈해리 포터와 비밀의 방〉 〈해리 포터와 아즈카반의 죄수〉 〈해리 포터와 혼혈 왕자〉

"5층의 반장 욕실 알지? 거기 가서 목욕 좀 해.
황금 알을 보며 욕조에서 연구 좀 해봐."

케드릭 디고리, 〈해리 포터와 불의 잔〉

반장 욕실

극적인 배경이 되는 장소가 많은 호그와트에서도 욕실과 화장실 들은 유난히 두드러진다. 한 화장실은 〈해리 포터와 비밀의 방〉에서 비밀의 방으로 가는 통로가 되고, 〈해리 포터와 혼혈 왕자〉에서는 해리 포터와 드레이코 말포이가 또 다른 화장실에서 격렬한 대결을 벌인다. 가장 화려한 곳은 〈불의 잔〉에 등장하는 반장 욕실이다. 트리위저드 시합의 두 번째 시험이 다가올 때 해리는 시험에 필요한 핵심 정보를 얻기 위해 커다란 황금 알이 내는 괴성을 해석해야 하는데, 그때 해리와 함께 호그와트 챔피언으로서 경기를 치르는 케드릭 디고리가 반장 욕실에 알을 가지고 가서 목욕을 하라는 알쏭달쏭한 조언을 한다.

스튜어트 크레이그에게 이런 장소는 프로덕션 디자이너로서의 꿈을 실현할 수 있는 곳이다. 욕실에는 거울과 창문이 있기 때문이다. 그는 웃으며 이들을 "아주 매력적이고, 정말로 마법을 부리는" 것들이라고 말한다. "창문과 거울은 빛을 반사하거나 통과시켜서 차원을 한 겹 더 추가하거든요. 궁극의 무기가 될 수 있는 효과죠." 반장 욕실에 있는 세 개의 고딕풍 창문 중 가운데에는 아름다운 인어가 움직이는 스테인드글라스가 있다. 콘셉트 아티스트 애덤 브록뱅크가 디자인한 이 스테인드글라스의 인어는 머리를 빗으면서, 초대하지 않은 손님 울보 머틀과 함께 해리가 두 번째 시험의 수수께끼를 푸는 모습을 지켜본다. 웬만한 방 크기인 욕조의 3층짜리 수도꼭지들에서는 파란색과 빨간색과 노란색 물이 쏟아진다. 수십 개의 수도꼭지는 튼튼하게 만들기 위해 놋쇠를 모래 틀에 부어서 주조했다.

왼쪽: 반장 욕실의 스테인드 글라스 콘셉트 아트(애덤 브록뱅크).
오른쪽: 〈해리 포터와 불의 잔〉의 반장 욕실.

사용자: 반장들, 울보 머틀

촬영 장소: 리브스덴 스튜디오

등장: 〈해리 포터와 불의 잔〉

비밀의 방

〈해리 포터와 비밀의 방〉에서는 호그와트 성 지하에서 천 년 가까운 세월을 산 바실리스크라고 하는 대형 뱀이 나온다. 해리 포터가 2학년이 되었을 때 지하에 있는 이 비밀의 방이 열리고, 지난날 살라자르 슬리데린이 다스렸던 바실리스크가 수도관을 타고 다니며 여러 희생자를 낳는다. 프로덕션 디자이너 스튜어트 크레이그는 바실리스크의 역사를 통해 비밀의 방이 "슬리데린의 영역"에 있음을 유추했다. "그곳은 호그와트 지하 감옥에 있는, 슬리데린 공간의 비밀 장소에요. 슬리데린의 성전이죠." 크레이그의 팀은 런던의 하수도를 돌아다니면서 그 구조와 설계를 연구해 비밀의 방에 쓰일 아이디어를 얻었다. 크레이그는 스코틀랜드를 몇 차례 방문해 절벽과 언덕의 바위 면을 주형으로 떴다. 그런 뒤 이 주형으로 떠낸 모양을 블록으로 잘라서 벽돌 벽과 비슷하게 쌓고, 바위 면 일부는 본 모습대로 설치해서 그 안에 살라자르 슬리데린의 얼굴을 새겨 넣었다. 얼굴의 입 구멍을 통해 바실리스크가 드나드는 이 거대한 조각은 폴리스티렌으로 만든 뒤 조각가 앤드루 홀더가 바위 면에 어울리게 다듬었다.

"비밀의 방이 열렸다."

호그와트 복도 벽에 적힌 글, 〈해리 포터와 비밀의 방〉

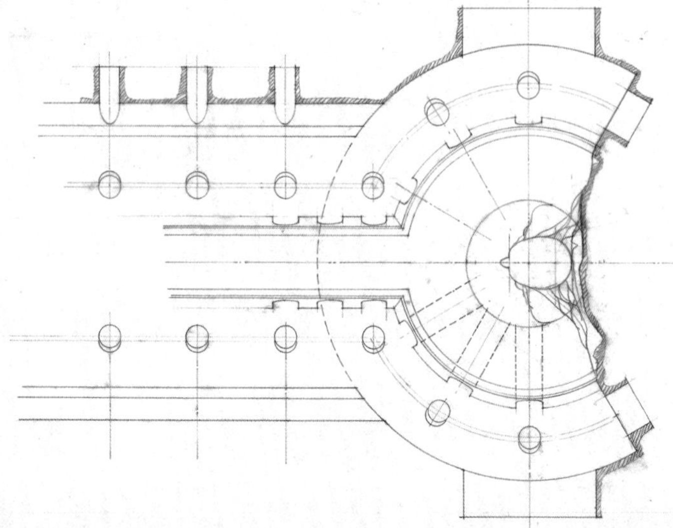

사용자: 바실리스크

촬영 장소: 리브스덴 스튜디오

등장: 〈해리 포터와 비밀의 방〉 〈해리 포터와 죽음의 성물 2부〉

옆쪽 위: 비밀의 방 설계 도면.
위, 아래, 옆쪽 아래: 비밀의 방 구조와 사용한 주형의 크기를 알 수 있는 〈해리 포터와 비밀의 방〉 스틸 사진들. **왼쪽:** 바실리스크 스케치(스튜어트 크레이그).

길이 75미터, 폭 35미터에 이르는 비밀의 방은 영화 속 세트 중에서도 특히 큰 편에 속한다. 책에 따르면 방은 깊이도 엄청나야 했는데, 당시 리브스덴 스튜디오는 가장 높은 무대도 천장이 8.5미터 정도밖에 안 되었다. "이 문제는 크기를 줄여 짓거나 깊이의 착시를 이용해서 해결해야 할 것 같았어요. 그래서 원래는 수십 미터 높이지만 물에 잠겨 살라자르 슬리데린 조각상의 꼭대기만 보인다고 설정했죠." 실제 물 깊이는 30센티미터 정도였지만 검은빛을 더하자 수심이 깊어 보이는 효과가 연출되었다.

지니 위즐리를 구하고 바실리스크가 더 이상 피해를 일으키지 못하도록, 해리 포터는 호그와트 여학생 화장실을 통해 비밀의 방에 들어가야 하는 상황에 처한다. 크레이그는 입구가 드러나는 장면을 위해 특수 효과로 "꽃잎처럼 움직이는" 원형 세면장을 만들었다. 비밀의 방으로 내려간 해리와 론 위즐리와 록허트 교수는 서로 분리되고, 해리는 비밀의 방에 혼자 들어가게 된다. 먼저 뱀이 그려진 커다란 원형 문을 열어야 하는 해리가 뱀의 언어로 말하자, 뱀들이 하나하나 물러가면서 문이 열린다. 크레이그는 그것이 "시각 효과가 아닌 교묘한 공학 장치"

라고 밝혔다. 특수 효과 감독 존 리처드슨이 설계한 이 장치는, 그린고트 금고 문 자물쇠를 제작한 특수 효과 기술 감독 마크 벌리모어가 완성시켰다.

〈해리 포터와 죽음의 성물 2부〉에서 론과 헤르미온느는 호크룩스를 파괴할 바실리스크의 이빨을 찾아 다시 비밀의 방으로 들어간다. 이때는 비밀의 방이 아주 잠깐만 나오기 때문에 장면 전체를 그린스크린 앞에서 촬영한 후에, 천장부터 바닥까지의 방 전체를 디지털로 덧입혔다.

양쪽, 왼쪽 위부터 시계 방향: 해리, 론, 록허트 앞에서(울보 머틀도 있지만 영화에는 나오지 않는다) 여학생 화장실의 세면장이 갈라지며 비밀의 방 통로가 드러나는 모습.
비밀의 방으로 가는 원형 문 콘셉트 아트와 영화 속 모습(왼쪽).
〈해리 포터와 죽음의 성물 2부〉에서 비밀의 방에 다시 간 론과 헤르미온느의 모습 그림.
비밀의 방의 정교한 뱀 모양 자물쇠 그림(애덤 브록뱅크).

사용자:
필요한 사람들

촬영 장소:
리브스덴 스튜디오

등장:
〈해리 포터와 불사조 기사단〉 〈해리 포터와 혼혈 왕자〉 〈해리 포터와 죽음의 성물 2부〉

위: 필요의 방 세트.
오른쪽: 〈해리 포터와 죽음의 성물 2부〉에 등장하는 필요의 방 콘셉트 아트(앤드루 윌리엄슨).
아래: 필요의 방 문 도면.

필요의 방

필요의 방은 〈해리 포터와 불사조 기사단〉에서 해리 포터가 덤블도어의 군대와 함께 방어 마법을 연습할 장소를 찾을 때 처음 등장한다. 덤블도어의 군대는 볼드모트 경에 맞서 싸울 힘을 키우고자 학생들이 직접 꾸린 모임이다. 수수께끼 같은 오랜 역사를 지닌 필요의 방은 그것을 필요로 하는 사람만이 발견할 수 있으며, 방의 모습도 찾는 사람의 필요에 따라 변한다. 필요의 방은 호그와트 성의 고딕풍 건축 양식에 따라 천장이 높고 둥근 구조로 제작되었다. 천장의 아치는 아래로 내려와서 공중에 뜬 기둥을 이룬다. 하지만 스튜어트 크레이그는 학생들이 강조되어야 한다고 생각해 책에 나오는 모든 요소를 넣지는 않았다. 크레이그가 "중립적 공간"이라고 부르는 이 방은 거울에 둘러싸여 있다. "거울이 학생들과 그들의 필요를 비춰준다는 점에서 적절하다고 생각했어요. 영상적으로도 반사된 형태는 여러 가지 흥미로운 그림을 만들죠." 천장에 늘어진 다섯 개의 샹들리에는 돌로레스 엄브릿지가 마침내 그 방을 발견하고 문을 폭파할 때 흔들려야 했기 때문에 고급 플라스틱으로 만들어졌다. 배우 매슈 루이스(네빌 롱바텀)는 그 세트가 "호그와트의 지하 격투기장" 같다고 말한다.

크레이그는 거울에 둘러싸인 방에 조명을 설치하는 일이 "엄청나게 어려웠"다고 말한다. "거울이 카메라와 스태프뿐 아니라 모든 조명을 반사하기 때문에 아주 조심해야 했어요." 이 문제를 해결하기 위해 거울의 각도를 조절하고 반사를 줄이는 스프레이를 뿌린 크레이그는, 촬영 감독 슬라보미르 이지악과 이야기를 나눈 후에 아주 기발한 해법을 찾았다. "우리는 바닥 조명 시스템을 만들어서, 아래쪽 창살 밑에서 조명을 비춰 올렸어요." 이렇게 하면 조명이 눈에 띄지 않을 수 있었지만, 문제는 사람들 신발 밑까지 비춘다는 점이었다. 크레이그는 이를 해결하기 위해 모든 신발 굽을 검은 벨벳으로 감쌌다. 바닥 색깔이 검어서 발생한 또 하나의 문제를 해결하기 위해 그 방에 들어가는 모든 제작진은 청색 플라스틱 슬리퍼를 신어야 했다. 세트에 발자국을 남기지 않기 위해서였다.

영화에서 필요의 방 세트는 때로 다른 공간으로 변했다. 〈불의 잔〉에서는 유리 캐비닛들이 공중에 뜬 기둥을 받치는 트로피 방이 되었고, 〈해리 포터와 혼혈 왕자〉에서는 슬러그혼 교수의 방이 되어서 네 개의 이오니아식 기둥 기단이 천장에서 내려온 기둥들을 받쳤다.

필요의 방은 〈해리 포터와 혼혈 왕자〉에서는 본래의 모습으로 나타난다. 해리는 그곳에 《상급 마법약 만들기》 책을 감추고 드레이코 말포이는 사라지는 캐비닛을 숨기는데, 드레이코가 숨긴 캐비닛은 죽음을 먹는 자들이 호그와트로 들어

"네가 필요의 방을 찾아냈어, 네빌!"

헤르미온느 그레인저,
〈해리 포터와 불사조 기사단〉

오른쪽, 아래: 필요의 방의 많은 물품들 가운데에는 소망의 거울과 루핀 교수가 리디큘러스 수업에 사용한 레코드플레이어도 있다.
옆쪽 위: 〈해리 포터와 죽음의 성물 2부〉에서 불길에 휩싸인 필요의 방 콘셉트 아트.
옆쪽 가운데와 아래: 쫓겨난 학생들을 위한 해먹이 설치된 필요의 방 콘셉트 아트와 사전 스케치.

오는 통로가 된다. 이런 식으로 필요의 방은 수세기 동안 사람들이 숨기고 싶은 물건을 버려두는 장소가 된다. 크레이그는 이 방을 장식할 때 높은 천장을 강조하고 싶지 않았다. "유리 캐비닛을 다시 기둥 아래에 넣었는데, 그러자 바닥에 물건을 산더미처럼 쌓아올릴 수 있는 구조가 되어서 실내 장식이 중요해졌어요." 다행히 세트 장식가 스테파니 맥밀란과 미술 팀이 그때까지의 시리즈 전편 소품을 만들고 간직해왔기 때문에 그 공간을 채울 물건은 넉넉했다. 예리한 눈을 가진 관객이라면 마법사의 돌을 지키던 마법사 체스 세트와 스네이프가 〈아즈카반의 죄수〉에서 사용한 영사기를 발견할 수 있다.

〈해리 포터와 죽음의 성물 2부〉에서 필요의 방은 교장 스네이프와 새로 부임한 교수 캐로우 남매에게 쫓겨난 네빌 롱바텀 등 여러 학생의 기지가 된다. 뼈대만 남고 거의 모든 것을 비워낸 방 안에는 가구 몇 점과 기둥에 건 해먹들만 남는다. 다시 한 번 유리 캐비닛이 아래로 늘어진 기둥들을 받치는데, 이번에는 캐비닛 안이 비어 있다. 나중에 해리는 볼드모트의 호크룩스가 된 래번클로의 보관을 찾아 필요의 방으로 돌아온다. 영화 최종 편의 화려한 액션 장면이 펼쳐질 때, 방은 다시 한 번 쓰레기 더미로 가득 차 있다. 이번에는 방의 높이가 효과적으로 작용했고, 크레이그와 맥밀란은 발 디딜 틈이 거의 없을 만큼 빼곡히 내부를 채웠다. 이번만큼은 아끼는 게 이득이 아니었다. "그렇게 거대하고 복잡한 더미에서 작은 보석 왕관을 찾는다는

사실이 그 일을 더욱 불가능해 보이도록 만들죠." 크레이그는 작은 스티로폼 블록들로 모형을 만들고 그에 따라 방을 "조각"하는 방법으로 그같은 "산더미 풍경"을 만들었다. 그런 뒤 장난감 가구들로 더 큰 모형을 만들었는데, 스테파니 맥밀란은 "데이비드 예이츠 감독이 와서 모형을 보더니 탈출 경로를 20미터 더 만들라고" 지시했다고 말한다. "그래서 장난감 가구를 더 넣었죠. 그렇게 채워 넣은 작은 장난감 가구들만큼 진짜 가구를 사야 했다고 생각해보세요!"

수천 점의 가구로 방을 채우기 위해 맥밀란은 장면 촬영 몇 달 전부터 추가 가구들을 사들였고, 스튜디오의 물건들도 채워 넣어서 "13개의 산"이라고 이름 붙인 물건 더미들을 만들었다. 시리즈 초기에 쓴 가구들도 그 더미에 들어갔다. "책상이 36개 있었어요. 연회장의 테이블, 벤치, 교수 의자도 다 들어갔죠. 트로피 캐비닛, 2편에 나온 체스 말들. 슬러그혼 파티의 파티복들도 있어요." 맥밀란은 이렇게 꾸민 세트 안을 거닐며 물건들 바라보기를 즐겼다. "그런 뒤에도 속임수를 썼어요. 더미를 더 크게 부풀리기 위해 중앙에 커다란 합판 상자들을 놓고, 가구는 그 위에 한두 겹 정도로 얹었죠." 컴퓨터로 창조된 이미지들이 공간을 더욱 확장해 보다 많은 물건들로 내부를 채웠다.

사용자:
호그와트 학생과 교수

촬영 장소:
리브스덴 스튜디오

등장:
〈해리 포터와 혼혈 왕자〉

천문탑

천문탑은 〈해리 포터와 혼혈 왕자〉에서 해리 포터와 알버스 덤블도어가 가짜 호크룩스 로켓을 찾고 나서 순간 이동했을 때, 호그와트 촬영용 모형에 처음 등장한다. 이곳에서 드레이코 말포이가 호그와트에 들여놓은 죽음을 먹는 자들과의 대결이 이루어지고, 결국 덤블도어가 죽는다. 탑은 〈해리 포터와 죽음의 성물 2부〉에서 해리와 볼드모트가 싸울 때 폐허 속에 다시 모습을 보인다. 크레이그가 말한다. "우리는 항상 이리저리 옮기고, 확장하고, 발전시켰다가 사라지게 해요. 시리즈가 이어지는 동안 계속 고치고 변화시키는데, 대개는 대본의 요구 때문이죠." 크레이그는 아마도 호그와트 성에는 처음부터 천문탑이 있었겠지만 "영화 대본에 없어서 초기 영화에는 나타나지 않았다"고 말한다. 〈혼혈 왕자〉의 호그와트 모형에서는 천문탑이 〈아즈카반의 죄수〉에서 시리우스 블랙이 갇혀 있던 탑과 같은 장소에 자리했다(그 탑은 영화가 끝난 뒤 없어졌다).

천문탑이 등장하면서 크레이그는 다시 학교의 실루엣을 개선할 기회를 얻었다. "1편의 호그와트는 여러 장소의 혼합이었어요. 거기에 천문탑을 더하면서 외관이 훨씬 좋아졌죠. 이제 호그와트는 꿈결 같은 첨탑과 탑들을 갖춘 성이에요. 보다 과장되고 극적인 실루엣을 갖추면서 더욱 만족스러운 모습이 됐죠."

높이가 100미터가량인 천문탑은 호그와트에서 가장 높은 탑인 동시에 가장 작은 탑이기도 하다. "탑의 내부는 이미 등장한 적이 있어요. 초기에 천문학 교실로요." 크레이그는 〈해리 포터와 아즈카반의 죄수〉에서 루핀 교수가 해리에게 패트로누스 주문을 가르친 방을 언급하며 설명했다. "하지만 새로운 천문탑은 강렬해야 했고, 정교한 건축이 필요했어요." 천문탑은 실제로는 여러 개의 탑으로 이루어졌다. "본 탑에 부속 탑들이 딸려 있어요. 건축적으로 흥미로운 구조죠. 한 공간에 있지만 세 공간이 합쳐진 듯 보여요." 탑에는 대형 과학 기구, 거울, 천구본과 망원경이 가득하다. 크레이그는 덤블도어의 방과 흡사하게 탑에 세 개의 원으로 이루어진 구조들을 넣었다.

양쪽, 왼쪽 위부터 시계 방향:
덤블도어와 해리 포터가 슬리데린의 로켓을 찾아 떠나기 전에 대화하는 장면 그림(앤드루 윌리엄슨).
〈해리 포터와 혼혈 왕자〉에서 덤블도어가 운명을 기다리고 있다.
죽음을 먹는 자들이 탑을 오르는 모습.
떠나는 퍽스를 바라보는 해리, 론, 헤르미온느.

호그와트의 교실과 교수들의 방

약초학 온실

〈해리 포터와 비밀의 방〉에서 해리는 다른 2학년 학생들과 함께 약초학 온실에서 포모나 스프라우트 교수에게 맨드레이크 화분 갈이 방법을 배운다. 이 세트는 그 뒤 〈해리 포터와 혼혈 왕자〉에서 슬러그혼 교수가 베네무스 텐타큘라의 잎을 몰래 자르는 모습을 해리가 우연히 보는 장면에서 다시 등장한다.

"우리는 약초학 온실의 아이디어를 찾아 먼저 큐 왕립 식물원, 특히 그곳의 템퍼러트 하우스를 봤어요." 스튜어트 크레이그가 말한다. 템퍼러트 하우스는 현존하는 빅토리아 시대 유리 온실 중 가장 큰 곳으로 1863년에 문을 열었다. 하지만 크레이그가 말하듯 〈비밀의 방〉에서 "중요한 것은 맨드레이크에 대해 배우고 그것을 새 화분에 옮기는 일"이다. "그래서 화분들이 놓인 긴 테이블을 중심으로 세트를 디자인했죠." 온실 디자인은 호그와트의 고딕풍을 살려서 뾰족한 아치들이 긴 천장을 이루게 했다. 크레이그는 특히 실내 채색에 만족했다. "지의류, 이끼, 푸른 색조, 비바람에 얼룩진 자국들이 있어요. 아주 풍성하고 아름답죠. 그런 세월의 두께를 표현하는 데는 특별한 기술이 필요했어요."

양쪽, 왼쪽 위부터 시계 방향: 온실 세트를 장식한 철골 아치.
〈해리 포터와 혼혈 왕자〉에서 슬러그혼 교수(짐 브로드벤트)가 베네무스 텐타큘라 잎을 잘라내는 모습을 뒤에서 지켜보는 해리 포터. 〈해리 포터와 비밀의 방〉에서 스프라우트 교수가 2학년 학생들에게 맨드레이크 화분 갈이 법을 일러주고 있다.

"약초학 수업이에요. 모여봐요."

스프라우트 교수, 〈해리 포터와 비밀의 방〉

사용자: 스프라우트 교수, 약초학 수강생들

촬영 장소: 리브스덴 스튜디오

등장: 〈해리 포터와 비밀의 방〉 〈해리 포터와 혼혈 왕자〉

어둠의 마법 방어술 교실

〈해리 포터와 마법사의 돌〉에서 퀴리누스 퀴렐 교수의 어둠의 마법 방어술 교실은, 13세기에 건축된 라콕 수도원에서 수녀들이 불을 피울 수 있는 유일한 공간인 수도원 보온실에서 촬영됐다. 하지만 스튜어트 크레이그가 말하듯 "출연진과 스태프들을 데리고 현지 촬영을 나가는 것보다는 스튜디오에서 촬영하는 편이 언제나 더 쉽기 때문에 〈해리 포터와 비밀의 방〉에서는 어둠의 마법 방어술 교실을 지었"다. 이때 크레이그는 보온실을 그대로 베끼지 않고, 조각해서 만든 듯한 분위기와 친숙함 두 가지를 염두에 두며 새롭게 만들었다. "내부 장식은 방어술 교수가 바뀔 때마다 달라지지만 교실 자체는 친숙하게 느껴져야 해요." 크레이그가 가장 중요하게 생각한 것은 바로 공간의 형태였다.

크레이그의 디자인은 백지에서 시작했다. "그 방은 백지 위의 낙서가 실현된 경우의 한 예죠. 낙서를 하다 보니 천장 트러스가 떠오르고, 그 위에 놓을 큰 목재 들보가 떠오르고, 또 그 위에 놓을 가파른 지붕이 떠올랐어요. 지붕 아래에 위치한 다락방이죠. 그 점이 다른 공간들의 석재와 유쾌한 차이를 보일 것 같았어요." 크레이그는 머릿속에 마스터 카메라 숏(한 장면을 끊지 않고 촬영해서 장면에 나오는 등장인물과 배경을 다 보여주는 촬영 기법—옮긴이)을 생각하면서 그 교실을 연구 개발했다. "교실을 곡선으로 하기로 했어요. 곡선 벽을 트러스가 빙 둘러 지지하는 구조로요." 조명도 중요했기 때문에 그는 한쪽에 큰 창문들을 만들었다. 그런 뒤에는 교실을 교수 사무실과 연결해야 했다. "다락 공간은 당연히 삼각형 구조를 이뤄요. 그래서 삼각형의 두 빗변 사이에 수직으로 들어선 고딕풍 연단 모양 계단 난간이 악센트가 되죠." 이 고딕풍 난간은 〈해리 포터와 비밀의 방〉의 방어술 교수 질데로이 록허트와 아주

사용자: 어둠의 마법 방어술 교수들(퀴렐, 록허트, 루핀, 무디, 엄브릿지), 어둠의 마법 방어술 수강생들

촬영 장소: 잉글랜드 윌트셔주 라콕 수도원 보온실, 리브스덴 스튜디오

등장: 〈해리 포터와 마법사의 돌〉 〈해리 포터와 비밀의 방〉 〈해리 포터와 아즈카반의 죄수〉 〈해리 포터와 불의 잔〉 〈해리 포터와 불사조 기사단〉

아래, 옆쪽 위: 윌트셔의 라콕 수도원에서 현지 촬영한 퀴렐 교수의 어둠의 마법 방어술 교실 세트.
옆쪽 아래: 어둠의 마법 방어술 교실 입구 도면.

“무섭도록 매-매혹적인 과목이지. 너-너한텐 필요 없겠지만.”

퀴렐 교수, 〈해리 포터와 마법사의 돌〉

잘 어울렸다. “이런 무대 같은 분위기가 록허트에게 딱 맞았어요. 극적인 등장과 퇴장을 할 줄 아는 천생 배우였으니까요.”

어둠의 마법 방어술 과목은 교수가 해마다 바뀌었기 때문에, 크레이그와 스테파니 맥밀란은 교수의 특징에 따라 교실을 계속 새 단장할 기회를 얻었다. 맥밀란은 “록허트 교수는 허영심이 가득하”다고 말하며, “그래서 그의 사진과 그림을 잔뜩 걸고 그의 저서를 교실 곳곳에 배치했”다고 설명한다. 사진에는 록허트 교수가 다양한 모험과 스포츠에서 위업을 이루는 모습을 담았고, 그중 상당수가 움직이는 사진이었다. 맥밀란이 말을 잇는다. “가장 큰 그림의 가로세로 길이가 1.5미터와 3미터였는데, 우리는 그걸 록허트가 자기 자신을 그리는 그림으로 하려고 했어요. 그렇게 해서 시각적으로 록허트가 그림에서 교실로 걸어 들어오는 것 같은 효과를 주고 싶었죠.” 하지만 결국 록허트는 초상화 속 자신과 윙크만을 나누게 되었다.

〈해리 포터와 아즈카반의 죄수〉의 리무스 루핀 교수에게서 딱 꼬집어 말할 특징을 찾기 힘들었던 맥밀란은 그에게 생물학자의 면모를 주기로 했다. “루핀이 여행에서 수집했을 것 같은 물건들을 방에 배치했어요. 특히 유리 돔에 넣은 해골이 많았죠.” 맥밀란은 레코드플레이

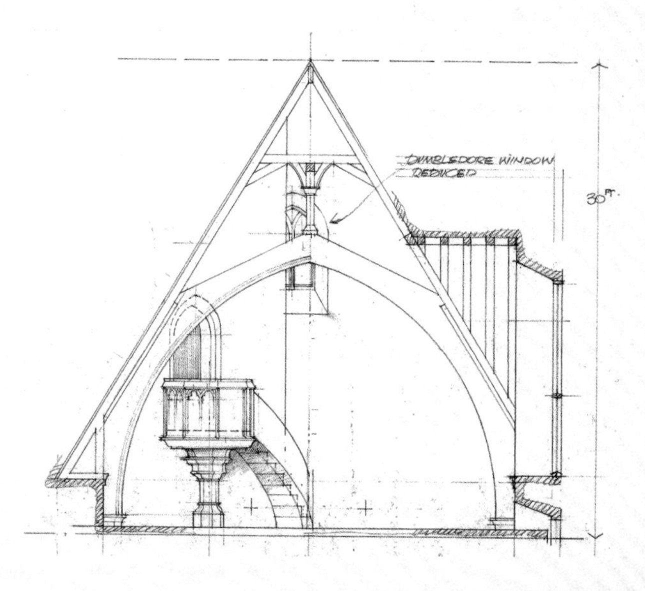

어, 영사기, 보가트가 든 벽장처럼 대본에 나오는 소품들도 준비했다. "우리는 프랑스 가구, 특히 아르누보풍 가구를 살펴봤어요. 부드러운 아르누보 곡선을 가진 옷장에 위협적인 느낌을 더하기 위해 좀 더 두껍게 만들었죠." 〈해리 포터와 불의 잔〉에 나오는 매드아이 무디 교수의 경우는 세트 장식이 훨씬 쉬웠다. "그가 유리 눈을 하고 있기 때문에 자연스럽게 렌즈를 주제로 선택했어요. 광학 제품과 관련된 것으로 방 안을 가득 채웠고, 천장에도 거대한 렌즈들을 달았죠." 맥밀란에게 〈해리 포터와 불사조 기사단〉의 돌로레스 엄브릿지는 "아주 쉬웠"다. "엄브릿지는 아무것도 가르치지 않으니까요. 그래서 책상 위에 마법적으로 자리하는 책들만 빼고 방 안의 소품을 모두 없앴어요. 방에는 아무 장식도 없었죠. 그래서 계단을 올라가 엄브릿지의 방을 들여다보면 진짜 충격을 받게 돼요."

맥밀란은 각 교수들의 특징에 따른 장식뿐 아니라 기본적인 교실 소품도 준비했는데, 뒤집히는 칠판에는 자신만의 마법을 넣었다. 칠판 밑에서 "발" 역할을 하는 부츠 한 켤레였다. 교실에는 2인용 책상 18개를 넣어서 36명의 학생이 들어가게 했는데, 배우들이 자라나다 보니 "침대도 늘리고 작은 책상과 의

자도 키워야 했"다. "배우들은 정말 빨리 자랐어요." 스튜어트 크레이그가 회상했다.

양쪽, 왼쪽 위부터 시계 방향: 초상화가 사방에 걸린 질데로이 록허트 교수의 교실 콘셉트 아트.
〈해리 포터와 불사조 기사단〉에서 인상을 쓰는 돌로레스 엄브릿지(이멜다 스탠턴).
크고 작은 렌즈가 가득한 매드아이 무디의 교실.
리무스 루핀의 교실에는 엄니 등 생물학과 관련된 물건이 많았다.

돌로레스 엄브릿지의 방

해리 포터는 몇 편의 영화에서 어둠의 마법 방어술 교수의 방을 찾아가는데, 그중 가장 충격적인 곳이 바로 〈해리 포터와 불사조 기사단〉에 나오는 돌로레스 엄브릿지의 방이다. 스튜어트 크레이그는 웃으며 말한다. "그 방의 나긋나긋하고 지나칠 만큼 달콤한 외양은 엄브릿지의 공격적이고 고약한 행동과 정반대예요. 또 우리가 그때까지 설정한 모든 것과도 반대되죠." 커튼도, 오뷔송풍 카펫도, 돌벽마저도 분홍빛을 띠는 그곳은 "원형이고 장식이 약간 촌스럽"다. "방의 기본 구조와 어울리지 않죠. 그래서 약간 적대적인 느낌을 줘요." 크레이그는 거기에 현실적인 이유로 약간의 변화를 주었다. "창문들의 위치를 바꾸었는데, 해리가 문을 열고 그 방에 들어왔을 때 엄브릿지와 바로 마주치는 자리에 책상을 놓기 위해서였어요."

스테파니 맥밀란은 "이전에는 프랑스 가구를 쓴 적이 없"다고 말한다. "하지만 엄브릿지에게는 프랑스 가구가 어울릴 것 같았어요. 그렇게 평화로운 스타일은 아니죠. 뾰족하고 날카롭거든요." 전혀 진품으로 보이지 않는 프랑스 복제 가구는 크기가 약간 크고 두꺼우며, 광택 있는 직물에 덮여 있다. "책상 의자도 지나치게 커서 엄브릿지의 다리가 바닥에 닿지 않아요. 이멜다 스탠턴의 키가 작기 때문에 다리가 공중에 떠 있죠." 맥밀란이 말한다. 그 방에는 레이스도 많고 자질구레한 장신구도 많다. "캐비닛에도 여러 가지 물건이 있어요. 작은 가위와 모자 핀들이죠. 역시 뾰족하고 날카로워요." 엄브릿지의 책상에는 고양이 그림이 새겨진 분홍색 종이와 고양이 장식이 달린 편지 개봉 칼, 역시 고양이 장식이 달린 향수병이 있다. 가장 눈에 띄는 것은 벽에 걸린 고양이 장식 원형 접시 40개다.

맥밀란은 "큰 것을 맨 위에 놓고, 아래로 갈수록 작아지게 했"다고 설명한다. "그런 뒤에 접시 가장자리를 다양하게 장식했죠. 어떤 접시들에는 스틸 사진을 담고, 어떤 접시들에는 모자 쓴 고양이가 해변에서 크리스털 공을 가지고 노는 모습을 담았어요. 제2 제작진이 찍은 사진이었죠." 그런 뒤 움직이는 이미지를 블루스크린을 붙인 접시에 합성했다.

사용자:
엄브릿지 교수

촬영 장소:
리브스덴 스튜디오

등장:
〈해리 포터와 불사조 기사단〉

"난 거짓말을 하지 않겠습니다."

해리 포터의 반성문,
〈해리 포터와 불사조 기사단〉

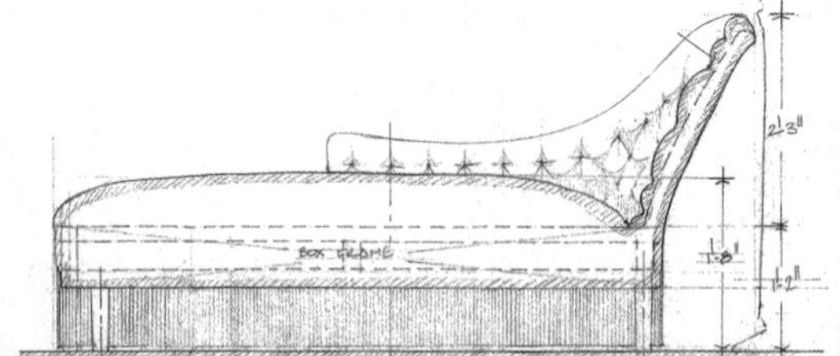

양쪽, 위부터 시계 방향: 엄브릿지 방의 벽을 장식한 고양이 접시 중 하나. 〈해리 포터와 불사조 기사단〉의 한 장면 콘셉트 아트(애덤 브록뱅크). 설치 완료한 세트 장면들. 엄브릿지의 안락의자 도면.

"점술은 너무 애매모호한 학문이야."

헤르미온느 그레인저, 〈해리 포터와 아즈카반의 죄수〉

점술 교실

"시빌 트릴로니의 점술 교실은 다락 같은 공간이에요." 스튜어트 크레이그가 말한다. "호그와트 꼭대기 층 어딘가에 있죠. 그리고 트릴로니는 거기서 내려오지 않아요." 〈아즈카반의 죄수〉에 나오는 트릴로니의 다락에는 그녀의 보물이 가득하다. 마치 아라비안나이트 같은 풍경이다. 벽들은 화려한 색채의 이국적 직물에 덮여 있고, 내부 장식은 구식 찻집을 연상시킨다. 원형 극장처럼 생긴 교실에는 천을 덮은 원탁들과 원탁 위에 놓인 수정 구슬 같은 여러 점술 도구, 찻잔이 높다랗게 쌓인 정중앙의 테이블 등이 있다. 교실 안의 찻잔은 모두 500개가 넘었으며, 점술 탑으로 가는 원형 계단은 런던 러드게이트 힐에 있는 세인트폴 대성당에서 현지 촬영을 했다. 그 계단은 〈해리 포터와 불의 잔〉에서 어둠의 마법 방어술 교실에서 나가는 길로도 쓰였다.

〈해리 포터와 불사조 기사단〉에서는 호그와트 교장이 된 돌로레스 엄브릿지가 시빌 트릴로니를 내쫓으려 한다. 크레이그의 표현에 의하면 트릴로니는 "아주 슬프고 조금 더 연민을 일으키는 인물"이 된다. "우리는 그것을 반영해야 했어요. 그래서 색채가 훨씬 차분해졌죠. 반짝이는 재질에 금실 넣은 직물이 줄어들고, 트릴로니의 우울한 처지와 깊은 슬픔을 반영한 흙색 계통 색상을 썼어요." 교실 크기도 처음보다 작아졌다. "우리는 교실이 답답한 느낌을 주도록 크기를 줄였어요." 스테파니 맥밀란은 이것이 트릴로니의 변화를 반영한다는 크레이그의 생각에 동의한다. "그때는 모든 것이 허름해져요. 트릴로니가 비탄에 잠기거든요. 그래서 교실도 우울하죠."

양쪽, 왼쪽 위부터 시계 방향: 앤드루 윌리엄슨의 콘셉트 아트(왼쪽 위)와 이를 토대로 제작한 〈해리 포터와 아즈카반의 죄수〉 점술 교실 세트의 화려한 스타일(오른쪽 위, 오른쪽 아래).

사용자: 트릴로니 교수, 점술 수강생들

촬영 장소:
런던 러드게이트 힐 세인트폴 대성당,
리브스덴 스튜디오

등장:
〈해리 포터와 아즈카반의 죄수〉
〈해리 포터와 불사조 기사단〉

마법약 교실

해리 포터는 호그와트에서 5학년 때까지 (표면적으로는) 원수처럼 보이는 세베루스 스네이프에게서 마법약 수업을 받는다. 〈해리 포터와 마법사의 돌〉에 나오는 스네이프의 마법약 교실은 라콕 수도원 성구 보관실에서 촬영되었다. 영화에는 수도원의 다른 장소들도 나오는데, 퀴렐 교수의 어둠의 마법 방어술 교실과 소망의 거울이 있는 방, 기둥 복도가 딸린 안뜰 장면이 그곳에서 촬영됐다. 마법약 교실 촬영의 핵심은 바로 교실이 지하 감옥에 위치한다는 점이었다. 스튜어트 크레이그는 말한다. "지하 감옥은 건축 구조가 특이해요. 거대한 석조 건축이고 천장이 낮죠. 지상을 지탱해야 하기 때문에 천장은 언제나 둥글어요. 우리는 자연스럽게 중세 학교의 지하 감옥에서 아이디어를 얻었어요." 그 방은 실제로 지하에 있지는 않았기에 제작진은 창문 일부를 지하 같은 느낌을 주는 재료로 덮었다. 스테파니 맥밀란은 방에 마법 버너와 끓는 솥들을 얹을 튼튼한 정사각형 책상들을 놓았고, 그래픽 팀은 사방의 선반에 놓인 크고 작은 약병 수백 개에 상표를 붙였다. 2편에서 4편까지는 교실 못지않게 약재가 많은 스네이프 교수의 연구실이 나오는데, 그 방은 계속 조금씩 커졌다. 스네이프 교수 방의 책상은 〈비밀의 방〉에서 슬리데린 휴게실에 놓여 있던 테이블이다.

〈해리 포터와 혼혈 왕자〉에서 스네이프는 그동안의 소망대로 어둠의 마법 방어술 교수가 되고, 덤블도어는 전직 마법약 교수인 호레이스 슬러그혼을 호그와트로 다시 불러들인다. 마법약 교실은 다시 리브스덴 스튜디오에 지어졌지만, 스네이프의 방 세트는 책상을 포함해서 그대로 사용됐으며 또한 번 방이 커졌다. 선반들도 확장해서 스네이프의 개인 창고에 있던 병들을 더 꺼내놓았다. 펠릭스 펠리시스 약을 만드는 작은 솥 같은 특별한 솥들도 만들었고, 학생들의 테이블은 전에 쓰던 것을 효과적으로 수선해 사용했다. "원래는 상판이 나무였는데, 카메라맨이 반짝이는 상판으로 바꾸어서 천장에서 떨어지는 빛을 반사시킬 수 있느냐고 물었어요. 그래서 상판을 아연으로 덮었죠. 그러자 책상이 훨씬 흥미로워졌어요. 이 세트는 재활용으로 덕을 봤죠. 잘 고쳐졌어요." 맥밀란의 설명이다.

양쪽, 왼쪽 위부터 시계 방향: 〈해리 포터와 마법사의 돌〉 스틸 사진. 라콕 수도원 촬영 모습. 스튜디오에 확장해서 지은 마법약 교실. 그래픽 팀이 손수 만든 상표를 붙인 약병들.

"명성을 얻고
영광을 누리는 건
물론 죽음까지도
막을 수 있지."

스네이프 교수, 〈해리 포터와 마법사의 돌〉

사용자: 스네이프 교수(《해리 포터와 마법사의 돌》~《해리 포터와 불사조 기사단》), 슬러그혼 교수(《해리 포터와 혼혈 왕자》), 마법약 수강생들

촬영 장소: 잉글랜드 윌트셔주 라콕 수도원(《해리 포터와 마법사의 돌》), 리브스덴 스튜디오(《해리 포터와 혼혈 왕자》)

등장: 〈해리 포터와 마법사의 돌〉 〈해리 포터와 혼혈 왕자〉

호레이스 슬러그혼의 방

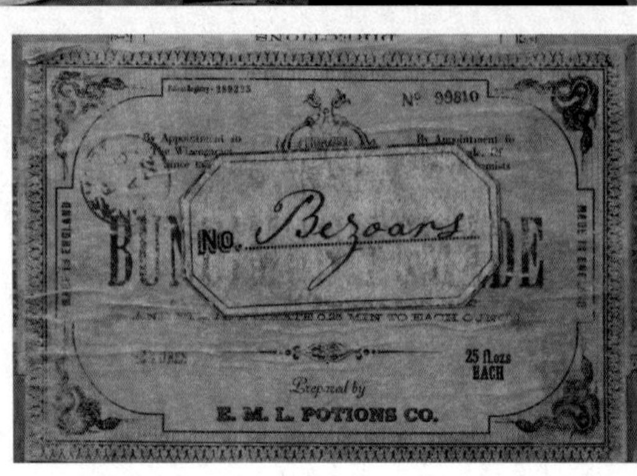

〈해리 포터와 혼혈 왕자〉를 준비할 때 스튜어트 크레이그는 돌아온 마법약 교수 호레이스 슬러그혼의 방을 "상당히 크고 화려하게" 만들라는 지시를 받았다. 그러기 위해 꽤나 큰 세트가 필요했던 크레이그는 개조를 선택했고, "그것이 잘 맞아떨어졌"다고 말한다. "그곳이 필요의 방이었다는 건 아무도 알아채지 못할 거예요." 스테파니 맥밀란은 새로 만든 세트가 "빅토리아풍이고 슬러그혼 교수만큼이나 허풍기가 있"다고 말한다. 의상 팀에서 슬러그혼의 옷을 갈색 계통으로 결정했음을 안 맥밀란은 방의 색깔도 거기 맞추었다. "큰 가죽 소파도 갈색이고, 다른 가구들도 갈색이에요. 돌벽은 진갈색 직물들로 덮었죠. 13명 정도가 앉을 수 있는 큰 원탁을 놓고, 목조 세공 의자들을 놓았어요. 슬러그혼이 늘 디너파티를 여니까요. 또 한쪽 구석에 그랜드 피아노를 놓고, 다른 구석에는 커다란 책상과 대형 벽난로를 놓았죠." 맥밀란은 휘장 팀과 문양 장식 팀에서 커튼과 의자 커버를 만들어준 것에 박수를 보냈다. "우리는 슬러그혼 방의 모든 커튼에 실크 스크린 작업을 했어요. 때로는 원하는 것을 찾을 수 없어서 직물에 무늬를 찍기도 하지만, 그보다는 원하는 것을 찾았지만 그것이 아주 많이 필요한 경우가 더 많아요. 그래서 문양 장식 팀에서 우리가 원하는 무늬를 직물에 실크 스크린했죠." 크레이그는 그 세트가 슬러그혼의 성격을 잘 반영한다고 느꼈다. "약간 극장 무대 같아요. 색이 바래고 낡았지만 그래도 극장 같죠."

사용자:
슬러그혼 교수,
민달팽이 클럽

등장:
〈해리 포터와 혼혈 왕자〉

양쪽, 왼쪽 위부터 시계 방향: 〈해리 포터와 혼혈 왕자〉에서 슬러그혼 교수가 손님을 대접하는 장면들.
슬러그혼의 애제자들을 담은 사진 액자들. 위석이 든 상자.
슬러그혼의 모래시계 도면.

“좋아, 하겠어! 대신 메리쏘우트 교수가 쓰던 방을 줘.
전에 쓰던 화장실 말고 말이야.”

슬러그혼 교수, 〈해리 포터와 혼혈 왕자〉

교장실

"성 외관에 돌출한 세 개의 탑을 보면 '아, 나도 저런 곳에서 지내고 싶다'는 생각이 들어요." 프로덕션 디자이너 스튜어트 크레이그가 말한다. "그래서 그곳을 알버스 덤블도어의 교장실로 만들었죠. 원뿔형 지붕이 달린 큰 탑이 있고, 그 원뿔 지붕 바깥에 부속 탑 세 개가 일렬로 붙은 형태로 서로에게 매달려 있어요. 이렇게 하면 세 원기둥이 연결된 공간 내부를 아주 흥미롭게 꾸밀 수 있을 것 같았죠."

해리 포터는 〈해리 포터와 비밀의 방〉에서 학생들이 습격당하는 문제를 의논하기 위해 처음 덤블도어의 방에 간다. 그리고 시리즈 내내 두 사람은 그 방에서 걱정과 의견을 나눈다. 해리가 불사조 퍽스를 만나는 곳도, 덤블도어가 그에게 깨진 호크룩스 반지를 보여주는 곳도, 또 해리가 볼드모트를 물리치기 위한 자신의 역할을 알게 되는 곳도 모두 그 방이다.

크레이그는 교장실 세트를 아주 좋아한다. "우리는 그곳을 세 개의 다른 공간으로 구성했고, 높이도 각각 다르게 했어요. 그 방은 복잡하면서도 또 평화롭게 스코틀랜드 호수 위 60미터 높이에 솟아 있죠. 마치 독수리 둥지처럼요." 크레이그는 교장실에 책상과 의자를 놓고, 캐비닛과 이런저런 도구와 책들을 놓았다. 작은 부속탑은 안락한 방으로 만들어서 명상과 휴식 공간처럼 꾸몄다.

양쪽, 왼쪽 위부터 시계 방향: 〈해리 포터와 비밀의 방〉에서 해리와 론이 덤블도어 교수를 만나고 있다.
표지를 씌우고 장식을 더한 전화번호부가 덤블도어의 책장을 채웠다. 소품과 가구는 금색 계통을 기본으로 삼았다.
〈해리 포터와 비밀의 방〉 한 장면. 그리핀 상이 덤블도어의 방을 지키고 있다.

"셔벗 레몬."

맥고나걸 교수가 덤블도어의 방문 앞에서 암호를 말하며,
〈해리 포터와 비밀의 방〉

덤블도어의 방에는 마법 모자와 그리핀도르의 칼을 비롯해서 해리의 모험에 중요한 물품이 여럿 있다. 이 세트는 크기가 작은 만큼 와일드 월로 만들어서 카메라와 조명 장비 위치에 맞춰 움직일 수 있도록 했다. 벽 앞에 놓인 기억 캐비닛들에는 그래픽 팀이 손으로 상표 등을 적어 붙인 유리병 수백 개가 가득하다. 이 캐비닛들은 위치를 자주 옮겼는데, 그때마다 아주 조심스럽게 다뤄졌다. 〈해리 포터와 불의 잔〉에 나온 펜시브는 한 캐비닛 안의 원형 돌 테이블에 박혀 있다. 디지털 아티스트들은 현실적인 '물결'뿐 아니라, 얕은 물에서 소용돌이치다가 기억으로 변해서 해리를 끌고 들어가는 은색 끈을 비롯한 복잡한 물무늬를 여럿 만들었다. 디지털로 구현된 〈해리 포터와 죽음의 성물 2부〉의 펜시브는 테이블을 벗어나 움직일 수 있었으며, 해리가 세베루스 스네이프의 기억을 탐색할 때는 공중에 떠 있었다.

사용자: 덤블도어 교수, 퍽스

촬영 장소: 리브스덴 스튜디오

등장: 〈해리 포터와 비밀의 방〉 〈해리 포터와 불의 잔〉 〈해리 포터와 혼혈 왕자〉 〈해리 포터와 죽음의 성물 2부〉

“오늘은 동물을 컵으로 변신시키는 공부를 합시다.”

맥고나걸 교수, 〈해리 포터와 비밀의 방〉

변신술 교실

〈해리 포터와 마법사의 돌〉에서 해리 포터와 론 위즐리는 미네르바 맥고나걸 교수가 고양이로 변신해 감시하고 있던 변신술 교실에 지각한다. 스테파니 맥밀란은 로마네스크 양식인 더럼 성당의 크고 단순한 방에서 맥고나걸의 수업 장면을 찍던 일을 이렇게 회상한다. “준비했던 책상이 너무 작아서 그 큰 방에 어울리지 않았어요. 그래서 촬영을 도와주는 성당 직원에게 혹시 우리가 쓸 수 있는 큰 책상이 없느냐고 물었죠. 그러자 그분이 이 멋진 테이블을 보여주었어요. 디자인도 굉장히 흥미로웠고, 아주 멋지게 낡아 있었죠. 상판 가죽이 닳아서 나무가 거의 드러날 지경이었어요.” 현지 촬영이 끝난 뒤 스튜디오에서 몇몇 장면을 추가로 촬영해야 했을 때 맥밀란은 성당에 그 책상을 빌려줄 수 있는지 물었고, 기쁘게도 더 이상 쓰이지 않는 테이블이니 필요하다면 팔 수도 있다는 대답을 들었다. 그렇게 테이블은 변신술 교실에 사용됐고 “시리즈 내내 크고 작은 여러 방에 놓은 가구 디자인의 토대가 되었”다. 정말로 훌륭한 변신이 아닐 수 없다.

2학년 때인 〈해리 포터와 비밀의 방〉에서는 헤르미온느 그레인저가 변신술 수업 중간에 비밀의 방의 역사에 대해 묻는 장면이 나온다. 제작진은 다시 더럼 성당을 찾았고, 맥밀란은 그 크고 단순한 공간을 더 키우기로 결심했다. “우리는 그 공간을 더 채우기 위해 새로운 조명 장치를 달고, 벽 앞에 높은 새장들을 세웠죠.” 새장에는 새뿐 아니라 뱀, 도마뱀에 심지어 너구리까지 다양한 동물이 있었다.

사용자:
맥고나걸 교수,
변신술 수강생들

촬영 장소:
잉글랜드 더럼주
더럼 성당 사제단 회의실

등장:
〈해리 포터와 마법사의 돌〉 〈해리 포터와 비밀의 방〉

옆쪽, 시계 방향: 교장실에 처음 갔을 때 마법 모자를 써보는 해리 콘셉트 아트. 이 장면은 촬영되지 않았다.
교장실의 내부 모습. 각기 다른 기억을 담은 색색의 병들.
아래: 〈해리 포터와 마법사의 돌〉에서 변신술을 가르치는 맥고나걸 교수.

촬영 장소:
리브스덴 스튜디오

등장:
〈해리 포터와 아즈카반의 죄수〉

천문학 교실

〈해리 포터와 아즈카반의 죄수〉에서 해리 포터가 패트로누스 주문을 배우고 싶어 하자, 리무스 루핀 교수는 천문학 교실에서 그것을 가르쳐준다. 이 장소는 〈아즈카반의 죄수〉에서만 나오는데, 실제로는 초상화들을 치운 알버스 덤블도어의 방을 개조한 곳이었다. 교장실에는 이미 여러 개의 천문학 장비가 있어서 벽의 선반들에 천구본과 장비들을 더 보탰다. 태양계 행성들의 위치를 보여주는 움직이는 대형 태양계 모형 두 개가 들어왔는데, 그중 하나에는 모형 기차 세트도 딸려 있었다. 이 태양계 모형들은 여러 가지 문양과 상징을 에칭 기법으로 공들여 새긴 것으로, 덤블도어의 방에 있는 놋쇠 천체 모형이나 소형 태양계 모형과 비슷하다.

위: 천문학 교실(오른쪽)에 놓을 태양계 모형 그림.
옆쪽: 런던 미들섹스에서 현지 촬영된 〈해리 포터와 마법사의 돌〉의 마법 교실.

“연습한 대로 손목의 움직임에 유의하도록! 휘이익 틱!”

플리트윅 교수, 〈해리 포터와 마법사의 돌〉

마법 교실

해리 포터와 학생들은 〈해리 포터와 마법사의 돌〉에서 플리트윅 교수에게서 깃털을 날아오르게 하는 공중 부양 마법을 배우지만, 결과는 천차만별이다. 마법 교실 장면은 1500년대에 지은 해로 올드 스쿨의 4학년 교실에서 촬영됐다. 플리트윅 교수가 등지고 선, 납 창살을 댄 큰 돌출창이 있는 그 교실은 본래는 남학생들만 드나들던 곳이었다. 방 양옆에 참나무 판을 댄 벽에는 바이런 경과 윈스턴 처칠을 포함한 예전 학생들의 서명이 새겨져 있다.

사용자: 플리트윅 교수, 마법 수강생들

촬영 장소: 잉글랜드 미들섹스 해로 올드 스쿨 4학년 교실

등장: 〈해리 포터와 마법사의 돌〉

호그와트 영지

호그와트 영지

호그와트 성은 크고 조용한 호수, 어둡고 무서운 숲, 깊은 계곡, 높은 산에 둘러싸여 있다. "J.K. 롤링은 호그와트가 스코틀랜드에 있다는 말은 딱히 하지 않았"다고 프로덕션 디자이너 스튜어트 크레이그는 말한다. "하지만 우리는 일찍부터 영화의 배경이 스코틀랜드라고 생각했어요. 스코틀랜드 고원 지대는 영국에서 손꼽히는 웅장한 풍경이죠. 그래서 우리는 스코틀랜드에 가서 가장 웅장하고 멋진 장소를 찾아봤어요. 그리고 스코틀랜드에서 가장 높은 고개인 글렌코를 발견했죠. 그곳의 산들은 눈부시고 계곡과 강은 아름다워요. 우리는 고원 지대에서 실 호수와 래녹 습지, 포트 윌리엄을 발견했어요." 그는 장소 섭외 담당자 키스 해처와 함께 이곳을 포함한 스코틀랜드의 여러 지역을 조사했다. 크레이그는 그곳이 "세상이 본래 어떤 모습이어야 하는지를 보여주는 듯"했다고 말한다. "우리는 첫 선택이 옳다는 것을 증명하기 위해서 더 넓게 탐색해보았어요. 그리 오래 걸리지는 않았죠."

제2 제작진은 〈해리 포터와 마법사의 돌〉 촬영 전에 몇 차례 스코틀랜드에 가서 설정 숏과 배경 숏을 위한 사진을 찍었다. 그리고 영화계의 전통에 따라 이야기를 위해 장소들을 조작했다. "스코틀랜드의 최상의 요소들은 한곳에 모여 있지 않아요. 그래서 그것들을 강제로 합쳤죠. 호수가 없는 곳에 호수를 만들고, 산이 없는 곳에 산을 만들었어요. 이 각기 다른 장소들로 이상적이고, 아름답고, 극적인 풍경을 만들었죠." 크레이그의 설명이다.

외부 촬영이 상당히 많이 필요했던 〈해리 포터와 아즈카반의 죄수〉 때에는 출연진과 스태프가 처음으로 제1 제작진과 함께 스코틀랜드 곳곳에서 촬영을 진행했다. 〈아즈카반의 죄수〉의 알폰소 쿠아론 감독은 "호그와트는 스코틀랜드 고원 지대에 있어야만" 한다고 말한다. "런던 주변의 평탄함이 아니라 오르락내리락 하는 산지가 느껴져야 하거든요. 우리는 스코틀랜드에 가서 3주 동안 촬영하면서 호그와트 주변 환경을 담으려고 노력했어요. 스튜어트 크레이그가 고군분투하며 노력한, 중요한 일이었죠. 크레이그는 영화에 꼭 맞는 멋진 장소들을 찾아냈어요." 이만한 규모와 내용의 영화에서 교사와 인솔자가 필요한 어린 배우들을 데리고 촬영하기란 보통 어려운 일이 아니었다. 크레이그가 회상한다. "그리고 비가 많이 왔어요. 오고, 오고, 또 왔죠. 그래서 시간이 길어지고 비용이 늘어났어요."

그 후로는 그만한 대규모 현지 촬영은 없었지만, 제2 제작진은 계속 스코틀랜드에 가서 배경을 촬영해 그린스크린 앞에서 찍은 장면들에 합성했다. 제작진은 이런 현지 사진과 영상 촬영분을 디지털 데이터베이스에 저장해두고 규칙적으로 활용했다. 크레이그가 말한다. "우리는 모든 것을 정성껏 골랐어요. 최고의 호수, 가장 멋진 산 고개, 최고의 계곡과 숲을요. 그리고 이 모두를 합쳤죠. 그렇게 해서 강력한 이미지 조합을 이루었어요."

양쪽, 왼쪽 위부터 시계 방향: 트리위저드 시합 첫 번째 시험에 사용한 경기장 최종 합성 이미지.
〈해리 포터와 아즈카반의 죄수〉 제작 당시 다리의 모습을 탐구한 밑그림.
〈해리 포터와 아즈카반의 죄수〉에 나오는 해그리드의 오두막.
〈해리 포터와 아즈카반의 죄수〉 촬영 한참 전부터 짓기 시작한 지붕 덮인 다리.

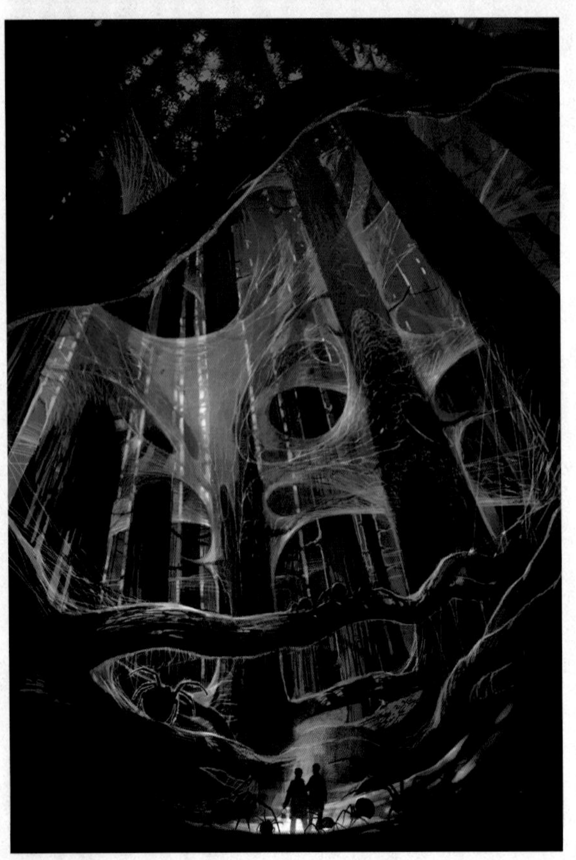

위: 금지된 숲 나무들 틈으로 바라본 되받아치는 나무.
왼쪽, 옆쪽 아래: 해리, 론, 팽이 거미줄투성이 아라고그의 굴에 들어가는 장면을 묘사한 더멋 파워의 그림.

금지된 숲

어두운 숲이라고 부르건 금지된 숲이라고 부르건, 스튜어트 크레이그는 〈해리 포터〉 영화 속 숲을 그 자체로 하나의 캐릭터라고 생각했다. 〈해리 포터와 마법사의 돌〉에서 처음 나오는 숲 장면은 잉글랜드 버킹엄셔주 블랙 파크에서 촬영됐다. 크레이그에 따르면 "비용도 적절하고 편리"하게 진행된 촬영이었다. 하지만 해리가 죽은 유니콘 앞에서 켄타우로스를 만나는 장면은 세트였고, 그 뒤로 〈불의 잔〉을 제외한 모든 금지된 숲 장면은 스튜디오 세트에서 촬영되었다. 크레이그는 "진짜 숲에는 우리가 원하지 않는 것, 이야기에 도움이 되지 않는 것들이 가득하다"고 말한다. "그래서 가짜 숲이 진짜 숲보다 활용 가능성이 높죠." 세트를 사용한 또 한 가지 이유는 숲 장면에서 자주 등장하는 동물 배우들 때문이었다. 〈마법사의 돌〉을 촬영할 때는 숲에 부드러운 이끼를 깔아 동물들이 안전하게 다닐 수 있도록 하고, 해그리드의 개인 팽을 연기하는 동물 배우의 예민한 발바닥을 보호했다.

〈해리 포터와 비밀의 방〉에서 숲은 "더욱 환상적이 되었"다. "숲을 진실에 토대해 과장되게 표현했어요. 나무와 뿌리의 형태, 심지어 아라고그와 애크로맨툴라 은신처까지 모든 것을 매우 현실적이지만 몹시 과장된 크기로 연출했죠." 크레이그는 숲 깊숙이 들어갈수록 모든 게 더 크고, 강렬하고, 섬뜩하고, 무서워진다고 설정했다. "외곽은 상대적으로 정상적이지만 안으로 들어갈수록 더 크고 무섭고 신비로워져요. 안개마저 짙어지죠."

크레이그는 〈해리 포터와 불사조 기사단〉에서 다시 숲을 만들었다. "우리는 어떻게 이 숲을 발전시킬 수 있을지, 어떻게 해야 더 흥미롭게 만들 수 있을지를 늘 생각했어요." 그는 〈비밀의 방〉에 나온 아라고그의 굴과 그 굴을 덮은 거대한 뿌리에서 아이디어를 얻었다. "그 뿌리들을 더욱 크게 키우고 모양을 변형시켰죠." 크레이그는 맹그로브 습지에서 맹그로브 나무들이 얽히고설킨 뿌리 위에 서 있는 모습을 생각했다. "마치 손가락들이 나무줄기를 받치고 있는 것 같은 모습인데 아주 멋져요. 맹그로브들은 그렇게 키가 크지 않지만 우리는 나무들을 4~5미터 크기로 만들었죠. 캘리포니아 북부의 삼나무들보다도 크게요." 그리고 같은 영화에서 돌로레스 엄브릿지와 켄타우로스가 숲에서 충돌할 때, 숲은 다시 한 번 더욱 어둡고 불길한 모습으로 변한다.

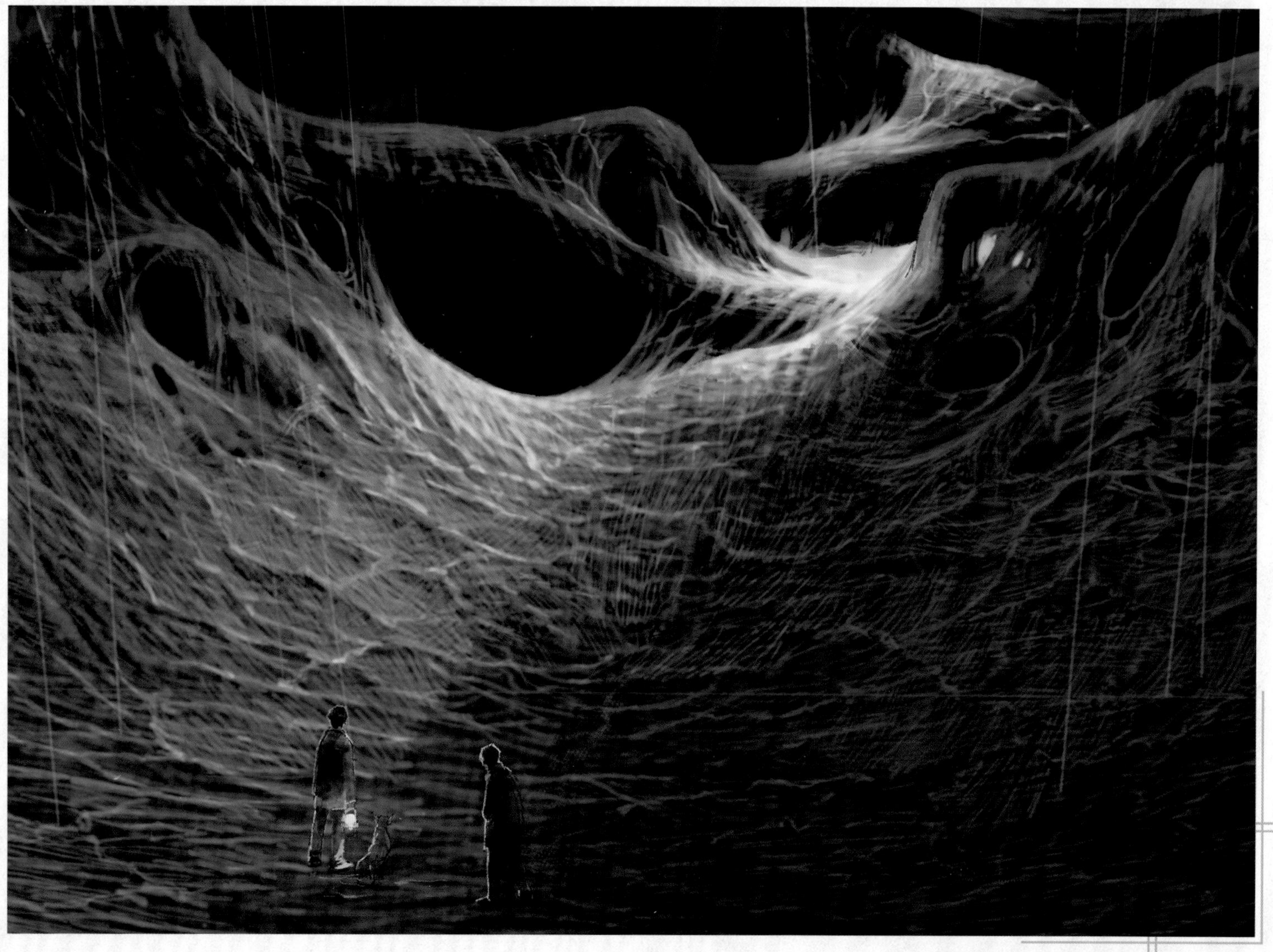

사용자: 켄타우로스, 유니콘, 애크로맨툴라 등의 동물들

촬영 장소: 잉글랜드 버킹엄셔주 블랙 파크, 잉글랜드 칠턴 힐스 허트퍼드셔주 애시리지의 프리스덴 너도밤나무 숲, 리브스덴 스튜디오

등장: 〈해리 포터와 마법사의 돌〉 〈해리 포터와 비밀의 방〉 〈해리 포터와 아즈카반의 죄수〉 〈해리 포터와 불의 잔〉 〈해리 포터와 불사조 기사단〉 〈해리 포터와 혼혈 왕자〉 〈해리 포터와 죽음의 성물 2부〉

위: 금지된 숲 세트에 서 있는 데이비드 예이츠 감독.
오른쪽: 〈해리 포터와 마법사의 돌〉에서 해리 포터와 드레이코 말포이가 다친 유니콘을 찾고 있다.

〈해리 포터와 죽음의 성물 2부〉에 나온 금지된 숲은 그때까지 나온 금지된 숲 가운데 가장 컸다. 나무들은 커지고 땅의 풀들은 더 튼튼하고 무성해졌다. 〈죽음의 성물 2부〉를 찍을 때 숲 장면에 쓰인 배경 그림의 길이는 180미터에 이르렀다.

"신입생들은 잘 들으세요. 금지된 숲은 모든 학생의 출입을 엄금하고 있죠."

덤블도어 교수, 〈해리 포터와 마법사의 돌〉

해그리드의 오두막

호그와트의 사냥터지기 루베우스 해그리드의 오두막은 해리, 론, 헤르미온느가 우정을 나누고 위험을 피하는 장소다. 해그리드의 오두막은 6편까지 영화 전편에 나오다가 〈해리 포터와 혼혈 왕자〉에서 죽음을 먹는 자들에 의해 불태워진다. 학교 구내 관리인에게 필요한 물품이 가득한 이 오두막은 처음에는 방 하나짜리 팔각형 건물로 지어져 학교 근처 평지에 위치했다. 1편과 2편에서는 이 오두막을 버킹엄셔주 블랙 파크에 지어서 촬영했는데, 3편 〈아즈카반의 죄수〉에서는 "많은 이야기가 해그리드의 오두막 주변에서 벌어"지기 때문에 "아이들이 해그리드의 오두막에 가서 그것과 호그와트 성이 어떻게 연결되어 있는지 보게 하고 싶었"다고 알폰소 쿠아론 감독은 말한다. 스튜어트 크레이그는 그 결정에 기뻐했다. "블랙 파크에서 촬영할 때는 한쪽에 소나무들이 있었는데, J.K. 롤링은 그런 풍경을 생각하지는 않았을 거예요. 그 장면은 적절한 야외에서 찍어야 했어요. 그래서 스코틀랜드 고원 지대의 글렌코에 해그리드의 오두막을 짓자고 사람들을 설득했죠."

장소가 바뀌면서 해그리드의 오두막은 더 커졌다. 크레이그는 해그리드가 신비한 동물 돌보기 교수로 승진해서 그렇다고 농담했다. "이야기 내용상 침실이 따로 필요했어요. 그래서 첫 번째 팔각형 건물 옆에 팔각형 건물을 또 하나 지어서 붙였죠. 그것을 지을 때는 햇빛이 쨍쨍했는데, 촬영을 시작하자 5주 내내 비가 오지 뭐예요!" 진흙과 추위 때문에 촬영은 힘들었지만 크레이그는 결과에 만족했다. "효과는 좋았어요. 빗속에서도 영상은 훌륭했죠. 비구름의 그림자가 멋진 효과를 주었어요. 전체적으로 분위기가 더 무거워졌는데, 영화 자체도 그때부터 분위기가

무거워져요. 그리고 거기서 모든 것이 합쳐지죠. 촬영을 하면서 이야기의 맥락을 이해할 수 있었어요. 성과 뒷문, 해그리드의 오두막, 풍경과 어두운 숲의 관계를요." 세트는 촬영 후에 철거되었다가 후속 편을 촬영할 때 디지털 고원 지대를 배경으로 스튜디오에 다시 지어졌다.

해그리드의 오두막 실내 세트는 실제로는 하나가 아니라 두 개다. 알폰소 쿠아론 감독은 "해그리드의 오두막을 만들기 위해 서로 다른 사이즈를 결합해야 했"다고 말한다. "우선 큰 오두막을 찍어요. 거기는 의자도 테이블도 다 크죠. 해그리드가 거인이니까요. 아이들은 거기서 촬영을 해요. 그런 뒤에 전체를 다시 찍는데, 이번에는 작은 오두막에서 찍죠. 거기서는 모든 것이 해그리드에게 정상적인 크기예요." 세트 장식 팀은 그 장면에 필요한 컵, 양동이, 담요 같은 소품들을 사서 해그리드의 크기에 맞게 복제했다. 〈아즈카반의 죄수〉에서 세트를 다시 지을 때, 쿠아론은 중요한 장식물을 더 크게 만들어달라고 요청했다. 크레이그는 쿠아론이 "해그리드의 오두막에 동물과 생명체가 가득하기를 원했"다고 말한다. "어쨌건 거기는 구내 관리인의 오두막이니까요. 오두막을 자세히 보면 사방이 작은 동물로 장식돼 있어요. 꼭 침대 밑에 동물이 진짜 있을 것만 같죠!"

사용자: 루베우스 해그리드, 팽, 노버트

촬영 장소: 잉글랜드 버킹엄셔주 블랙 파크, 스코틀랜드 글렌코 클라케이그 협곡

등장: 〈해리 포터와 마법사의 돌〉 〈해리 포터와 비밀의 방〉 〈해리 포터와 아즈카반의 죄수〉 〈해리 포터와 불의 잔〉 〈해리 포터와 불사조 기사단〉 〈해리 포터와 혼혈 왕자〉

양쪽, 위부터 시계 방향: 〈해리 포터와 혼혈 왕자〉 속 따뜻하고 편안한 해그리드의 오두막 실내.
오두막 장면 초기 스토리보드.
〈해리 포터와 아즈카반의 죄수〉를 위해 지은 오두막의 스케치와 사진.

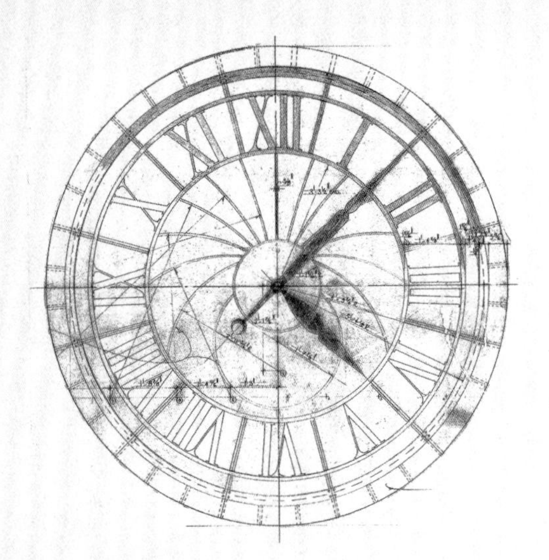

촬영 장소: 리브스덴 스튜디오

등장: 〈해리 포터와 아즈카반의 죄수〉〈해리 포터와 불의 잔〉〈해리 포터와 불사조 기사단〉〈해리 포터와 혼혈 왕자〉〈해리 포터와 죽음의 성물 2부〉

시계탑과 안뜰

〈해리 포터〉 시리즈가 진행되는 동안 제작진은 내용에 따라 새로운 요소를 추가(해그리드의 오두막 확장, 부엉이장 디자인 등)하기도 했지만 시각적 효과와 주제 전달을 위해 그렇게 하기도 했다. 〈해리 포터와 아즈카반의 죄수〉에 나오는 시계탑과 거기 딸린 안뜰이 바로 여기 해당한다. 1편과 2편에는 호그와트의 뜰이 여러 곳 나오는데, 이 장면들은 대개 더럼 성당이나 옥스퍼드 뉴 칼리지 등에서 현지 촬영되었다. 하지만 〈아즈카반의 죄수〉에서는 시간이라는 주제가 이야기 전체에 중요하게 작용해서 알폰소 쿠아론 감독은 이를 호그와트 성에 시각적으로 표현하고자 했다. 스튜어트 크레이그는 "알폰소와 오랜 토론 끝에 그것을 만들었"다고 말한다. "시간 되돌리기가 작품의 핵심이었는데, 3막에서 특히 중요하게 다뤄지죠. 그래서 시계와 시간을 표현하는 일이 그 주제와 잘 어울렸어요."

쿠아론은 또 학교를 좀 더 긴밀하고 합리적으로 배치하기를 원해서, 몇 차례의 대규모 수정 끝에 호그와트 시계탑을 새롭게 만들었다. 〈아즈카반의 죄수〉에서 시계탑과 거기 딸린 뜰은 호그와트의 뒤쪽에 위치한다. 학생들은 호그스미드 방문 전과 후에 거기 모이고, 그 뜰은 (새로 생긴) 나무다리를 통해 성을 나가는 또 하나의 출구가 된다. 이때 쿠아론은 뜰에 자신의 나라인

멕시코의 상징을 넣었다. 분수 주변의 고딕풍 아치 아래 멕시코 국기의 문양인 뱀과 독수리 조각상을 세운 것이다. 문자반이 투명한 이 영화의 시계탑 전망은 벅빅이 처형될 예정인 해그리드의 오두막을 향해 나 있다. 크리스마스 무도회 참석자들을 위해 뒷문을 새로 지어야 했던 〈해리 포터와 불의 잔〉에서 시계탑은 호그와트 앞으로 옮겨져 현관홀과 구름다리 뜰의 일부가 되었다. 시계가 시리즈 내내 등장하듯 시계의 개별적인 부분들도 그랬는데, 시계추는 〈해리 포터와 불사조 기사단〉에서 돌로레스 엄브릿지의 O.W.L. 시험 당시 시간을 확인할 때 쓰인다.

옆쪽, 왼쪽 위부터 시계 방향: 시계탑 설계도. 시계탑의 조감도와 시계탑 문자반을 그린 앤드루 윌리엄슨의 콘셉트 아트 두 점.
위: 더멋 파워가 그린 봄의 뜰. **가운데:** 〈해리 포터와 아즈카반의 죄수〉에서 학생들이 호그스미드로 떠날 때 홀로 남겨지는 해리.
아래: 〈해리 포터와 죽음의 성물 2부〉에서 황량한 잿빛 뜰을 바라보는 세베루스 스네이프의 모습. 앤드루 윌리엄슨 콘셉트 아트.

촬영 장소:
스코틀랜드 글렌코 클라케이그 협곡

등장:
〈해리 포터와 아즈카반의 죄수〉〈해리 포터와 불의 잔〉〈해리 포터와 불사조 기사단〉〈해리 포터와 혼혈 왕자〉〈해리 포터와 죽음의 성물 2부〉

다리와 해시계

〈해리 포터와 아즈카반의 죄수〉에서는 새로 생긴 시계탑 뜰과 장소를 옮긴 해그리드의 오두막을 연결하기 위해 지붕을 씌운 고딕풍 나무다리를 호그와트 세트에 추가했다. 미술 감독 앨런 길모어가 말한다. "길이는 75미터고, 굉장히 삐걱대는 낡은 모습으로 계획했어요. 이리저리 기울고 뒤틀린 채 작은 협곡을 가로질러서 해그리드의 오두막까지 가는 길의 절반을 이루도록요." 다리는 애초에 미니어처 모형과 배우들이 연기하기 위해 촬영장에 지은 부분 세트를 결합하고, 블루스크린에 합성한 배경 숏을 붙일 예정이었다. 하지만 쿠아론 감독은 스코틀랜드에서 촬영한 장면을 해그리드의 새 오두막과 결합해보고는 다리의 일부만이라도 지을 수 있는지를 물었다. 스튜어트 크레이그는 그 작업이 "아주 반가운 도전"이었다고 말한다. 다리의 15미터 부분을 이룰 부품은 런던에서 사전 제작돼 스코틀랜드로 옮겨졌다. 촬영지의 바람이 엄청났기 때문에 헬리콥터로 부품을 옮겨야 하는 다리 건축은 바람이 불지 않는 날에 이뤄져야 했다. 크레이그는 "그래서 아주 튼튼한 철골 구조물을 만들었"다고 말한다. "다리가 바람에 흔들리지 않도록 한 것인데, 보기에도 좋았어요."

다리를 건너서 해그리드의 오두막으로 내려가는 길가에 서 있는 5개의 거석은 호그와트를 짓기 전부터 거기 있던 것 같은 모습으로 세워졌다. 스톤헨지와 에이브버리로 유명한 잉글랜드와 스코틀랜드의 켈트족 거석 유적은 건축 목적이 무엇인지 오래전부터 논란의 대상이 되어왔다. 제작진은 이것을 해시계로 설정했다. "모든 거석 유적이 그렇듯이 그것도 수수께끼 같고 마법 같"다고 길모어는 덧붙인다. 다리를 짓는 동안 근처의 땅에 큰 구멍 5개를 파고 헬리콥터로 돌을 놓았는데, 길모어는 그에 대한 배우들의 반응을 다음과 같이 전했다. "어린 배우들이 감독에게 그 돌들 때문에 그곳을 선택했느냐고 묻더군요. 아주 우쭐해지는 질문이었어요."

"다리를 폭파시켜요?"

네빌 롱바텀,
나무다리 폭파에 대해,
〈해리 포터와 죽음의 성물 2부〉

위: 해시계 근처에 있는 해그리드의 새 오두막이 보이는 그림.
오른쪽: 뜰에서 다리로 다가가는 학생들을 그린 앤드루 윌리엄슨의 콘셉트 아트.

사용자:
후치 부인, 퀴디치 팀들

등장:
〈해리 포터와 마법사의 돌〉 〈해리 포터와 비밀의 방〉 〈해리 포터와 아즈카반의 죄수〉 〈해리 포터와 혼혈 왕자〉 〈해리 포터와 죽음의 성물 2부〉

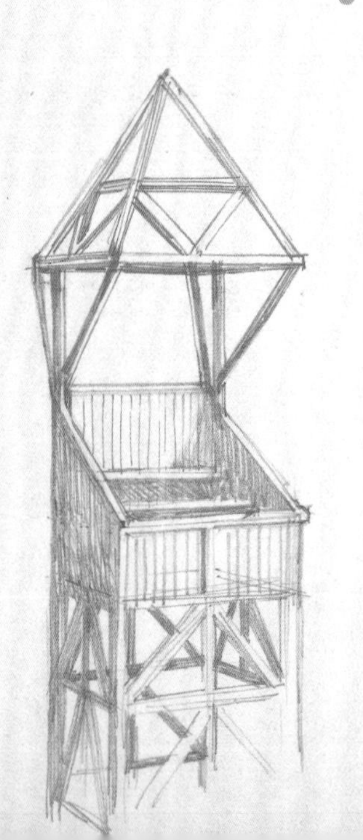

퀴디치 경기장

〈해리 포터와 마법사의 돌〉에서는 많은 사람들이 기대하던 마법사 스포츠, 퀴디치 경기가 처음으로 선보인다. 스튜어트 크레이그는 "그곳을 퀴디치 경기장이라고 부르지만, 실제로 거기서 경기를 하지는 않아요."라고 말한다. "경기는 공중에서 이뤄지죠. 경기장은 출발 지점일 뿐이에요. 그래서 어떻게 만들어야 선수들은 공중에서 경기하고 관중들은 경기장에서 관전하는 모습이 어색하지 않을까 하는 것이 관건이었어요." 크레이그는 여러 가지 아이디어를 메모하다가 관중들이 공중에서 벌어지는 경기를 보려면 탑을 세우는 편이 좋겠다는 사실을 깨달았다. "관객석은 두 개의 층을 이뤄요. 비싼 좌석은 탑에 위치하고, 싼 좌석은 지상에 있어요. 그러자 경기장이 아주 독특한 모습이 되었죠. 낮은 관람석과 높은 탑들이 이중의 원을 이뤄요." 그는 호그와트가 광대한 숲가에 있기 때문에, 경기장은 숲의 나무로 지었을 거라고 추론했다. 탑들은 네 개의 퀴디치 팀들이 속한 기숙사 색깔을 띤다. 성의 역사가 오래된 만큼 경기장에 중세 마상 창 경기의 느낌을 담기 위해 중세 느낌의 깃발들을 달았다.

"경기장이 거대해서 스튜디오 내의 어떤 공간에도 들어갈 수 없었어요." 크레이그가 설명한다. "뒷마당에는 들어갈 수 있었지만 그건 소용없었죠. 배경이 스코틀랜드 고원 지대가 되어야 했으니까요. 물론 스코틀랜드에 경기장을 지으려면 비용도 불편도 엄청날 것이 분명했죠. 그래서 경기장은 '거의 모두 컴퓨터로 만든' 최초의 세트 중 하나예요." 하지만 실제 연기 장면을 찍기 위해서 골대 기지 한 곳과 지상 관객석, 그리고 탑 꼭대기 한 곳 등의 일부 세트는 실물로 만들어졌다.

시리즈가 계속되고 선수들이 성장하면서 경기는 점점 격렬해지고, 〈해리 포터와 아즈카반의 죄수〉에서는 디멘터와 악천후가 문제를 일으킨다. 〈해리 포터와 혼혈 왕자〉에서 크레이그는 그가 "슈퍼딜럭스 퀴디치"라고 이름 붙인 경기를 위해 경기장을 다시 만들었다. 배경의 산이 더 가까워지고, 주변 초원은 작아졌다. 더 높고 많아진 탑은 결과적으로 간격이 촘촘해졌고, 관람석은 단순한 상자 모양에서 층이 진 스탠드로 변했다. 크레이그는 "경기장도 더 멋지고 웅장해졌"다고 말하며 한 마디를 덧붙였다. "그리고 이제는 론이 경기를 하죠." 데이비드 예이츠 감독은 영화 속 마지막 퀴디치 경기를 '코미디 퀴디치'로 만들고자 했다. "탑을 더 많이 세우자 선수들이 그 안팎을 더 자주 누빌 수 있었고, 더 많은 것들이 휭휭 지나가면서 속도감을 높였어요. 그래서 정말로 변화가 필요했죠." 크레이그가 말한다.

론 위즐리는 퀴디치 경기 데뷔를 하기 전에 입단 테스트와 연습 경기를 치르는데, 크레이그는 그 장면에서 경기장의 모습을 바꾸었다. "테스트와 연습 경기에는 화려한 장식이 필요 없어요. 그래서 그때는 경기장을 목재 골조 형태로 바꿨죠." 〈해리 포터와 죽음의 성물 2부〉에서는 안타깝게도 볼드모트의 추종자들이 퀴디치 경기장을 불태우는 장면이 나온다.

양쪽, 왼쪽 위부터 시계 방향: 해리 포터가 슬리데린과의 퀴디치 경기에서 스니치를 잡으려고 손을 뻗는 모습. 경기장에 입장하는 두 팀. 스튜어트 크레이그의 관람석 스케치.

양쪽, 왼쪽 위부터 시계 방향: 영화로 촬영되지 않은 장면 그림(앤드루 윌리엄슨).
퀴디치 경기장 콘셉트 아트.
해리와 드레이코가 골든 스니치를 추격하는 모습 그림(애덤 브록뱅크).
영화 속의 퀴디치 경기장은 책과는 달리 각 기숙사의 색깔로 장식되었다.
관람석에서 관전하는 교수들.

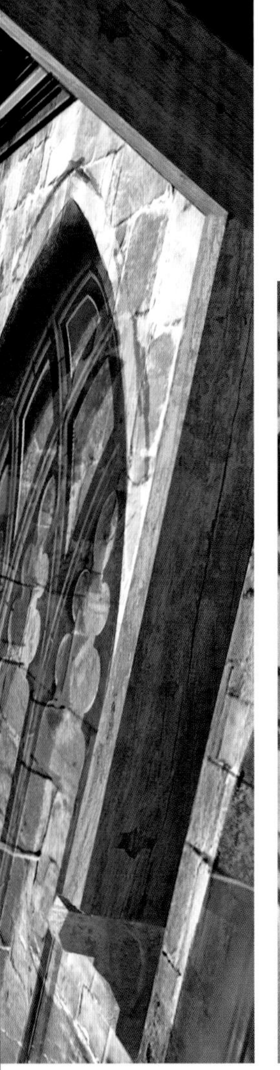

"우리 임무는 네가 심하게 다치지 않도록 하는 거야. 그래도 장담은 못해. 퀴디치는 격렬하거든."

조지 위즐리, 〈해리 포터와 마법사의 돌〉

사용자: 트리위저드 시합 챔피언, 용

촬영 장소: 스코틀랜드 글렌코 스틸 폭포, 스코틀랜드 에번턴 블랙 록 협곡

등장: 〈해리 포터와 불의 잔〉

트리위저드 경기장들

✶ 트리위저드 시합 첫 번째 시험: 용 경기장 ✶

스코틀랜드에서 현지 촬영한 풍경들은 해리 포터가 〈해리 포터와 불의 잔〉에서 트리위저드 시합 첫 번째 시험으로 헝가리 혼테일과 싸우는 장면의 배경이 되었다. 스튜어트 크레이그는 언제나처럼 용 경기장을 조각 작품처럼 만들고자 했다. "가장 강렬하고 거칠고 흥미로운 효과를 얻으려면 황량한 바위 구덩이에 지어야 할 것 같았어요. 그래서 채석장과 거친 바위 지대를 찾아다녔죠." 크레이그는 촬영소에 채석장 바닥을 짓고 그 위에 대결을 내려다보는 가파른 관람석을 설치했다. "경기장 주변에 커다란 목조 울타리를 두르고 그 바깥에 관람석을 설치했어요. 그래서 집중도와 밀집도가 투우장과 비슷해졌죠. 그런 뒤 그 모든 것을 스코틀랜드 글렌 인버네스의 산꼭대기 풍경에 결합시켰어요. 배경과 함께 보지 않으면 그저 평범하겠지만, 글렌 인버네스와 합성하자 결과가 놀라웠죠."

“용이잖아요! 저게 첫 번째 과제군요! 말도 안 돼!”

해리 포터, 〈해리 포터와 불의 잔〉

양쪽, 왼쪽 위부터 시계 방향: 트리위저드 시합 용 경기장 바닥에서 올려다본 모습 그림(에마 베인).
스코틀랜드 고원 지대의 두 장소가 이 시험의 배경이 되었다.
〈해리 포터와 불의 잔〉에서 해리가 불길을 피해 몸을 숨기는 장면 스틸 사진.

✶ 트리위저드 시합 두 번째 시험: 호수 ✶

호그와트 성 앞의 호수는 탑이나 첨탑 못지않게 학교의 실루엣에 큰 영향을 미친다. 이 호수를 표현하는 데는 시리즈 내내 잉글랜드 서리주 버지니아 워터 호수를 포함한 다양한 장소가 사용되었다. 버지니아 워터 호수는 〈해리 포터와 아즈카반의 죄수〉에서 해리가 벅빅을 타고 비행할 때와 나중에 디멘터를 만날 때의 배경이다. 〈해리 포터와 불의 잔〉의 호숫가 장면도 버지니아 워터 호수에서 촬영되었으며, 이 외에 스코틀랜드 로커버의 실 호수와 에일트 호수, 아케이그 호수 등이 장면 배경으로 사용되었다.

"머틀, 검은 호수에 인어가 살지?"

해리 포터, 〈해리 포터와 불의 잔〉

트리위저드 시합 두 번째 시험은 호수 안에서 치러지는데, 제작진은 스튜디오 숏과 디지털 숏을 결합해 이 장면을 완성했다. 하지만 물 바깥의 관람석은 디자이너 스튜어트 크레이그의 창의적 아이디어였다. 그는 극적 분위기를 높여주는 위치에 관객들을 앉히고서, 챔피언들이 다시 물 위로 떠오르기를 기다리게 하자고 생각했다. "사람들을 주변 바위 대신 호수 중간의 극적인 관람석에 앉히는 편이 좋을 것 같았어요." 이 디자인은 빅토리아 시대의 부두 구조를 본뜬 것이다. 크레이그는 "해변에 고정된 부두 말고, 높다란 교각에 얹혀서 물속 궤도를 움직이는 구조물을 응용해 움직이는 관람석을 만들었"다고 밝혔다. 물속의 챔피언들을 관람하는 수중 관람경도 고안됐지만 제작되지는 않았다.

사용자: 트리위저드 시합 챔피언, 인어, 그라인딜로우

촬영 장소: 잉글랜드 서리주 버지니아 워터 호수, 스코틀랜드 로커버 실 호수, 에일트 호수, 아케이그 호수

등장: 〈해리 포터와 마법사의 돌〉 〈해리 포터와 비밀의 방〉 〈해리 포터와 아즈카반의 죄수〉 〈해리 포터와 불의 잔〉 〈해리 포터와 불사조 기사단〉 〈해리 포터와 혼혈 왕자〉 〈해리 포터와 죽음의 성물 2부〉

위: 〈해리 포터와 불의 잔〉에서 호수를 합성한 이미지.
오른쪽 가운데: 호수 속에서 그라인딜로우에게 쫓기는 해리 포터 콘셉트 아트(더멋 파워).
옆쪽: 미로 속의 해리 포터. 영화 속 스틸 사진과 콘셉트 아트.

✶ 트리위저드 시합 세 번째 시험: 미로 ✶

〈해리 포터와 불의 잔〉의 트리위저드 시합에서 챔피언들의 마지막 시험은 미로를 뚫고 결승점에 도착해 트리위저드 컵을 손에 넣는 것이다. 프로덕션 디자이너 스튜어트 크레이그가 웃으며 말한다. "사람들은 미로가 어떤 곳인지 안다고 생각하죠. 하지만 호그와트에서는 모든 것이 우리 생각과 달라요." 그는 현실에서 볼 수 있는 어떤 미로보다 더 크고 높은 미로를 설계했다. 통로의 폭이 1.5미터, 높이가 7.5미터에 달했다. "안개 낀 그곳에는 혼란과 공포가 가득해요. 사물들이 공격을 하죠. 하지만 모든 것이 마지막 대결 장소인 묘지로 가는 예비 단계일 뿐이에요." 크레이그는 스코틀랜드 글렌 네비스 근처 고원 지대의 포트 윌리엄 인근에 미로를 "설치"했다. "우리는 그 멋진 계곡에 서서 미로를 얼마나 넓은 영역에 설치해야 하나 생각했어요. 미로의 핵심은 중심을 찾아가는 일인데, 그게 쉬우면 안 되니까 최대한 어렵게 만들었더니 3킬로미터 길이에 800미터 폭의 거대한 미로가 계곡을 가득 채우게 됐어요. 크게 과장하는 것이 우리의 가장 강력한 무기 가운데 하나죠."

사용자: 트리위저드 시합 챔피언

등장: 〈해리 포터와 불의 잔〉

"미로에선 사람들이 변해."

덤블도어 교수, 〈해리 포터와 불의 잔〉

움직이는 미로를 만드는 과제는 특수 효과 감독 존 리처드슨이 맡았다. 리처드슨의 팀은 각기 따로 움직이고, 물결치고, 기울며, 모였다가 갈라지는 미로를 12미터 정도 만들었다. 크레이그가 말한다. "미로가 챔피언들을 쫓고 그들을 해칠 것처럼 움직이기는 하지만 안전장치를 철저하게 해놨어요. 벽이 튼튼하게 서 있도록 무거운 강철로 짓고, 기술자들이 완벽하게 통제할 수 있는 복잡한 유압식 장치로 움직였죠." 미로 장면에는 디지털 효과가 많이 쓰였지만 실사 특수 효과도 사용되었는데, 일례로 세트 전체를 감싼 안개는 드라이아이스 효과였다. 로버트 패틴슨(케드릭 디고리)은 이런 실사 효과들이 연기에 도움이 되었다고 말한다. "진짜 폭발이 일어나고 미로 전체가 움직이니까, 정말로 목숨을 위협받는 느낌이 들어서 절로 뛰게 되더라고요!"

선착장

책을 영화로 옮길 때면 "좀 더 극적이고 화려한 장소"가 필요할 때가 있다. 책 마지막 권에서 세베루스 스네이프는 비명을 지르는 오두막에서 죽음을 맞는데, 영화에는 이런 배경이 적합해 보이지 않았다. 스튜어트 크레이그는 "비명을 지르는 오두막은 영화 세트로서 훌륭하게 장식됐지만, 솔직히 내부보다는 외부가 더 흥미롭"다고 말한다. 전부터 〈해리 포터와 마법사의 돌〉에서 신입생들이 배를 타고 도착하는 호그와트 선착장이 영화에서 가치를 다 발휘하지 못했다고 생각한 크레이그는 "흥미로운 가능성을 지닌 세트를 제대로 활용하지 못하는 것이 안타까웠"다. "그래서 J.K. 롤링에게 가서 스네이프가 선착장에서 죽어도 되겠느냐고 물었죠. 그러자 롤링은 고맙게도 동의해주었어요."

"눈이 엄마를 닮았어."

스네이프 교수, 〈해리 포터와 죽음의 성물 2부〉

크레이그는 선착장 세트를 디자인할 때 유리창들로 이루어진 벽을 만들었다. "납 창살을 댄 유리창이 가득한, 앙상한 고딕풍 건물이죠. 수정궁처럼 보이기도 해요." 선착장은 호그와트가 있는 절벽 아래 위치해서 "불타는 학교를 최대한 반사"했다. "위에서는 호그와트가 불타고, 유리와 물에 그 불길이 반사되고, 물에 반사된 빛이 다시 유리에 반사되는 장면은 마치 마법 같았어요. 스네이프의 죽음에 걸맞은 장소였죠." 그 장면을 촬영한 뒤, 세베루스 스네이프 역의 앨런 릭먼은 세트가 연기에 도움이 되었다고 스튜어트 크레이그에게 감사를 전했다. 크레이그는 그것이 "흔치 않은 일"이라고 말하며 "그가 만족했다는 것에 정말로 뿌듯했어요"라고 소감을 밝혔다.

위, 오른쪽: 볼드모트 경(랠프 파인스)과 세베루스 스네이프(앨런 릭먼)가 선착장 세트에 서 있는 모습.
옆쪽 위: 〈해리 포터와 죽음의 성물 2부〉의 선착장 건축 도면.

등장: 〈해리 포터와 죽음의 성물 2부〉

호그스미드

"호그스미드 방문은 큰 특권입니다."

맥고나걸 교수, 〈해리 포터와 아즈카반의 죄수〉

위: 호그스미드 마을 콘셉트 아트 (앤드루 윌리엄슨).
옆쪽: 호그스미드 집들이 경사진 거리에 서 있는 것을 알 수 있는 건축 설계도(오른쪽 아래)와 실제 모형으로 만든 호그스미드 거리(왼쪽 아래).

호그스미드 마을

호그와트 밖으로 나가는 첫 "현장 학습" 장소인 호그스미드 마을은 3학년 이상만이 갈 수 있는 곳이다. 해리 포터와 3학년 학생들은 〈해리 포터와 아즈카반의 죄수〉에서 호그스미드를 처음 방문한다. 비록 해리는 허니듀크로 가는 비밀 통로를 통해서 가지만 말이다.

스튜어트 크레이그는 호그스미드를 스코틀랜드 고원 지대에 튼튼하게 뿌리내린 마을로 생각했다. "호그스미드는 시골판 다이애건 앨리예요. 호그와트 주변을 감싼 도로변에 위치하죠. 호그스미드에는 독특한 주제와 느낌이 필요했어요. 그래서 그 마을이 설선 위에 있다고 설정해 외딴 느낌을 주었죠. 호그스미드는 항상 눈에 덮인 모습으로 나와요." 크레이그의 이런 결정을 통해 제작진은 롤링이 〈해리 포터와 아즈카반의 죄수〉에 쓴 "호그스미드는 꼭 크리스마스카드에 나오는 그림처럼 보였다"는 표현을 화면에 옮길 수 있었다.

호그스미드는 실제로도 다이애건 앨리를 개조해 사용됐다. 스코틀랜드 산들의 화강암을 사용한 호그스미드의 건물들은 17세기 스코틀랜드 건축 구조의 특징인 가파른 지붕과 '까마귀 발판'이라고 부르는 박공, 작은 박공 창, 높고 좁은 굴뚝을 가진다. 눈보라에 싸인 채로도 마을은 다정한 분위기를 풍긴다. 크레이그가 말한다. "즐거운 풍경이죠. 바깥은 춥고 험악한 날씨지만, 상점 창문들은 모두 따뜻한 불을 밝히고 버터 맥주나 알록달록한 마법 사탕이 가득한 공간으로 손님의 발길을 끄니까요." 호그스미드의 집들은 다이애건 앨리처럼 모두 약간씩 기울어져서, 똑바로 선 건물이 거의 없다. 미술 조감독 게리 톰킨스는 회상한다. "우리는 문틀이 어떻게 움직이고 창문이 어떻게 기울어야 하는지를 두고 수차례 토론했어요. 모든 건

사용자: 마을 사람, 호그와트 학생과 교사

촬영 장소: 리브스덴 스튜디오

등장: 〈해리 포터와 아즈카반의 죄수〉〈해리 포터와 불사조 기사단〉〈해리 포터와 죽음의 성물 2부〉

물이 뒤틀리고, 찌그러지고, 굽고, 또 각기 다른 방향으로 기울어져서 옆 건물에 기대 있어요. 수직으로 선 벽은 하나도 보이지 않죠!"

호그스미드 건물과 거리를 덮은 눈은 특수 소금이었다. 톰킨스가 말한다. "음식에 넣는 소금은 건조하고 잘 뭉치지 않아요. 이 소금은 눈처럼 잘 뭉치고, 심지어 밟으면 뽀드득 소리도 나죠."

제작진은 과일을 딸 때 쓰는 크레인 비슷한 기계를 사용해 이 "눈"을 설정 숏이나 롱 숏에 쓴 마을의 축소 모형에도 뿌렸다. 모형은 실물 크기로 만들지 않은 마을의 나머지 부분을 채웠고, 스튜디오 세트만큼이나 정교했다. 건물 앞에는 작동이 되는 놋쇠 랜턴이 길을 밝혔는데, 램프 안에 든 소형 전구들은 물건이 가득한 상점 창문들도 밝혔다. 허니듀크에는 사탕 병들이 있고, 포타지 씨네 솥 가게 호그스미드 지점에는 솥들이 쌓여 있다. 스크리븐샤프트 깃펜 가게 창문에는 초미니 깃펜들이, 스핀트위치스 스포츠 용품점에는 작은 빗자루들이 놓였다. 톰킨스가 말한다. "인형 놀이용 가구를 사면 된다고 생각할지도 모르지만, 그중에 부엉이 새장이나 솥 같은 것은 별로 없어요. 상점 창문에 있는 물건의 90퍼센트는 우리가 직접 만든 것들이에요." 톰킨스는 마녀 모자나 부엉이 새장 같은 소품을 배열하고 사진을 찍은 뒤, 이것을 축소하고 판지에 붙여서 작은 돌출창 안에 놓았다. 톰킨스는 호그스미드 거리의 인적도 만들었다. "발이 달린 작은 막대기 두 개를 만들어서, 이 발로 발자국을 찍으며 건물에서 나와 눈길을 '걸어갔'어요. 심지어 개 발자국도 찍어서 누가 눈 속에서 개를 산책시킨 것처럼 꾸몄죠!"

이쪽, 왼쪽 위부터 시계 방향: 흰 종이로 만든 호그스미드 모형. 영화에 흔히 쓰는 재료인 특수 소금을 호그스미드 세트와 모형에 뿌렸다.
오른쪽: 호그스미드 거리 너머로 비명을 지르는 오두막이 보이는 장면 콘셉트 아트.

호그스미드 역

호그스미드 역은 학생들이 호그와트 급행열차를 타고 도착하거나 출발하는 곳이다. 〈해리 포터와 마법사의 돌〉에서 해그리드는 이곳에서 신입생들을 만나고, 영화 끝에서는 여름 방학을 맞아 그들이 집으로 떠나는 모습을 지켜본다. 〈마법사의 돌〉에 나오는 장면은 노스 요크셔 무어스 철도의 인기 옛날 기차 노선이 지나가는 고틀랜드 마을 역에서 촬영됐다. 1865년에 지어진 이 역은 간판을 바꾸고 배경에 디지털로 호그와트 성 배경을 합성하는 것만으로 자연스럽게 마법 세계에 들어올 수 있었다. 〈해리 포터와 불사조 기사단〉에서는 기차에서 내린 학생들이 세스트랄이 끄는 마차로 갈아타기 때문에, 시리즈 내내 금지된 숲 장면을 찍은 블랙 파크에 역과 선로 일부를 지어 촬영을 진행했다.

사용자: 호그와트 급행열차 승객

촬영 장소: 잉글랜드 노스 요크셔주 고틀랜드 마을 역, 잉글랜드 버킹엄셔주 블랙 파크

등장: 〈해리 포터와 마법사의 돌〉〈해리 포터와 불사조 기사단〉

위, 옆쪽 아래: 호그스미드 역에 도착하는 호그와트 학생들 콘셉트 아트.
오른쪽: 고틀랜드 역 전경.

비명을 지르는 오두막

비명을 지르는 오두막은 호그스미드 마을 근처 언덕에 위치한 삐걱대고 흔들리는 낡은 건물이다. 〈해리 포터와 아즈카반의 죄수〉에서 이 건물은 리무스 루핀이 호그와트 학생 시절에 늑대인간이 되었을 때 지내기 위해 세워졌다는 사실이 밝혀진다.

스튜어트 크레이그는 비명을 지르는 오두막에 고유한 개성이 있어야 한다고 보았다. "그 집은 계속 바람에 시달리는 것처럼 삐걱거리며 움직여야 했어요." 크레이그는 특수 효과 감독 존 리처드슨과 스티브 해밀턴의 도움을 받아 세트를 지었다. 먼저 오두막을 움직일 방법을 파악하기 위해서 모형을 만들고, 그런 뒤에 유압식 단 위에 실물 크기 세트를 지었다. 구조 속에 구조를 지은 셈이다. 크레이그는 "먼저 유압식 장치로 움직이는 커다란 철골 구조를 만들고, 그것을 뼈대로 하는 세트를 지었"다고 설명한다. 흔들림이 워낙 커서 오두막은 벽 외의 부분까지 움직였다. "문도 덜렁거리고, 덧창들도 덜렁거리고, 벽을 덮은 천도 펄럭였어요. …… 온 방이 움직였죠." 알폰소 쿠아론 감독이 덧붙였다. "오두막 전체가 흔들리고 움직이게 하자는 것은 스튜어트의 아이디어였어요. 그래서 세트 전체를 앞뒤로 기울이고, 끼익끼익 삐걱거리게 하고, 벽을 움직이는 구조물에 이 큰 세트를 지었죠. 어떤 사람들은 벽이 움직이는 모습을 보는 것만으로 멀미를 했어요!"

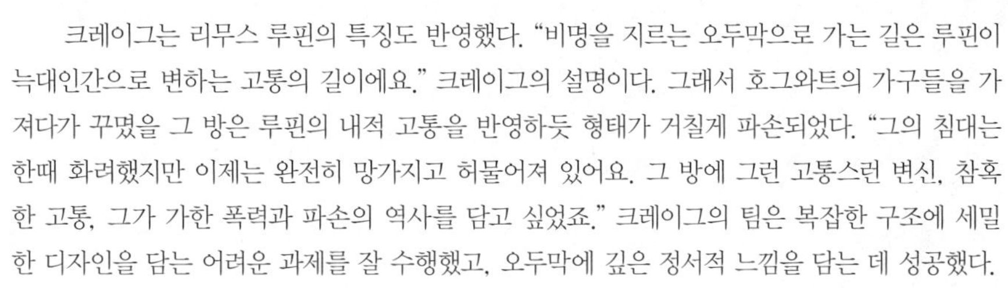

크레이그는 리무스 루핀의 특징도 반영했다. "비명을 지르는 오두막으로 가는 길은 루핀이 늑대인간으로 변하는 고통의 길이에요." 크레이그의 설명이다. 그래서 호그와트의 가구들을 가져다가 꾸몄을 그 방은 루핀의 내적 고통을 반영하듯 형태가 거칠게 파손되었다. "그의 침대는 한때 화려했지만 이제는 완전히 망가지고 허물어져 있어요. 그 방에 그런 고통스런 변신, 참혹한 고통, 그가 가한 폭력과 파손의 역사를 담고 싶었죠." 크레이그의 팀은 복잡한 구조에 세밀한 디자인을 담는 어려운 과제를 잘 수행했고, 오두막에 깊은 정서적 느낌을 담는 데 성공했다.

오두막은 감독과 배우들에게도 어려움을 안겨주었다. 알폰소 쿠아론은 "모든 것이 먼지에 덮여 있어야 했"다고 고충을 토로했다. "그래서 촬영 전에 먼저 먼지를 뿌리고 촬영을 했죠. 그런 뒤 한 테이크를 찍으면 바닥에 발자국이 가득 차서 다시 먼지를 뿌려야 했어요. 테이크 하나하나마다 그런 식으로 작업했죠." 대니얼 래드클리프(해리 포터)는 "벽이 삐걱대는 소리가 어찌나 요란한지 가끔 다른 사람이 하는 말도 잘 들리지 않았어요"라고 이야기했다.

크레이그는 관객들이 보지는 못해도 그 오두막에 들어간 치밀하고 꼼꼼한 노력은 느낄 수 있을 거라고 자부한다. "자세히 보면 특수 효과 장치가 된 강철 틀 안에 나무틀이 있어요. 내부뿐 아니라 외부에도 나무 널을 댄 후에 전체를 실크 태피스트리로 덮었죠." 그는 기술이 계속 발전하는 시대니만큼 이런 정교한 노력이 필요하다고 믿는다. "이전까지의 영화 제작에서는 관객들이 정확히 보거나 이해하기 힘들다는 사실이 일정한 기능을 했어요. 하지만 오늘날 같은 DVD 시대에는 언제든지 영화를 중지시키고 분석할 수 있어요. 그렇기 때문에 아무리 정밀하게 만들어도 부족하지 않다고 생각해요."

사용자:
머로더스(리무스 루핀, 제임스 포터, 시리우스 블랙, 피터 페티그루)

등장:
〈해리 포터와 아즈카반의 죄수〉

양쪽, 왼쪽 위부터 시계 방향:
비명을 지르는 오두막 겉모습 모형.
〈해리 포터와 아즈카반의 죄수〉에서 보이는 거실의 세트.
론과 헤르미온느가 오두막으로 가는 모습 콘셉트 아트(애덤 브록뱅크).

호그스 헤드

〈해리 포터와 불사조 기사단〉에서 호그와트 학생들은 호그스미드에 있는 호그스 헤드 술집에 모여 덤블도어의 군대라는 새로운 모임을 꾸린다. 헤르미온느 그레인저는 조금 지저분한 그곳이 비밀 유지에 제격이라고 생각한다. 술집에 들어갈 때, 학생들은 입구에 장식된 술집의 상징인 벽에 붙은 커다란 돼지 머리를 보지 않을 수 없다. 돼지는 두 눈을 굴리고 코를 킁킁거리며, 특수 동물 효과 감독 겸 특수 분장 아티스트 닉 더드먼의 표현에 따르자면 침을 "푸짐하게" 흘린다. 더드먼은 이 머리가 꽤 크게 움직이도록 설계했다. "돼지 머리는 가볍게 지나가는 유머 장면이고, 그런 작업은 언제나 즐거워요. 단 한 장면에만 나와 잠시 긴장을 풀어주는 게 전부라고 해도요." 이 장난스런 대목은 영화에 아주 잠깐 나올 뿐이지만, 더드먼의 팀은 이 돼지 머리 로봇 인형을 만드는 일에 영화 속 다른 괴물들에 뒤지지 않는 정성을 기울였다. "이런 것을 만드는 데는 시간이 많이 들어요. 조각을 하고, 모형을 뜨고, 실리콘으로 가죽을 만들고, 색을 칠해야 하죠." 가장 시간이 많이 든 공정은 머리에 털을 한 올씩 심는 일이었다. "하지만 그렇게 하면 다른 방식으로는 얻을 수 없는 현실감이 생겨요." 더드먼이 덧붙였다.

호그스 헤드는 전형적인 영국 술집의 특징을 과장해서 만들었다. 스튜어트 크레이그는 "특징적인 요소들을 담았"다고 말한다. "두꺼운 참나무 들보, 기울어진 벽, 울퉁불퉁한 바닥 등이죠. 하지만 그곳은 실제 술집들보다 더 기울었어요. 참나무 기둥도 실제 술집들보다 더 두껍고요. 그리고 실제 술집보다 훨씬 낡고 지저분하죠."

사용자: 애버포스 덤블도어, 덤블도어의 군대

등장: 〈해리 포터와 불사조 기사단〉 〈해리 포터와 죽음의 성물 2부〉

양쪽, 왼쪽 위부터 시계 방향: 애니메트로닉 돼지 머리 도안.
바텐더의 시점에서 바라본 술집의 모습을 담은 앤드루 윌리엄슨의 그림.
네빌 롱바텀(매슈 루이스)이 아리애나 덤블도어의 초상화 뒤에서 나타나는 모습.
〈해리 포터와 불사조 기사단〉 속 돼지 머리. 앤드루 윌리엄슨의 그림.

사용자: 로즈메르타 부인, 호그와트 학생

촬영 장소: 리브스덴 스튜디오

등장: 〈해리 포터와 아즈카반의 죄수〉 〈해리 포터와 혼혈 왕자〉

위: 해리, 론, 헤르미온느가 해그리드와 맥고나걸 교수를 따라 스리 브룸스틱스에 가는 모습을 담은 앤드루 윌리엄슨의 그림.
옆쪽: 스리 브룸스틱스 내부 세트.

스리 브룸스틱스

스리 브룸스틱스는 〈해리 포터와 아즈카반의 죄수〉에 잠깐 등장하는데, 이때 해리 포터는 (투명 망토를 쓰고) 맥고나걸 교수와 마법부 장관 코넬리우스 퍼지, 로즈메르타 부인을 따라 이 술집의 2층에 올라가서 시리우스 블랙에 대한 이야기를 듣는다. 그들이 만나는 방은 리키 콜드런에 있는 튜더풍 목조 조각 벽 같은 분위기를 풍긴다. 실제로 스리 브룸스틱스는 동물 머리 박제 장식을 추가한 호그스미드 판 리키 콜드런이라고 할 수 있다.

술병 하나 허투루 지나치지 않고 꼼꼼하게 장식된 스리 브룸스틱스에는 버터 맥주 술통과 주전자, 큰 술잔 들이 놓였다. 두꺼운 들보가 딸린 아치 아래 방 한쪽 끝에서는 커다란 벽난로가 타오르고, 그 위쪽의 벽에는 크고 작은 사슴뿔이 달린 트로피들이 장식되어 있다. 바에는 과거에 하루의 마지막 술을 알리는 데 사용했던 작은 종도 있다. 그래픽 팀은 이 술집 겸 여관이 파는 술에 블리셴 파이어위스키, 드래건 배렬 브랜디 같은 상표를 붙이고 마법 세계뿐 아니라 머글 세계에서도 유명해진 간식인 블랙캣 감자칩, 스리 브룸스틱스 제조 (즉석 구이) 스펠바인딩 땅콩 상표도 붙였다.

BUTTER
BEER

허니듀크

천장까지 사탕이 들어찬 허니듀크 사탕 가게는 마법 세계 어린이들에게 인기 만점이다. 〈해리 포터와 아즈카반의 죄수〉에서 다이애건 앨리를 호그스미드 마을로 변경할 때, 허니듀크가 자리하게 된 곳은 〈해리 포터와 마법사의 돌〉에서는 올리밴더의 가게가 있다가 〈해리 포터와 비밀의 방〉에서 플러리쉬와 블러트 서점으로 변했던 곳이다. 지팡이 상자와 책 들로 가득 찼던 공간이 허니듀크로 변신하면서, 이제는 버티 보트의 온갖 맛이 나는 강낭콩 젤리와 민달팽이 젤리를 포함한 온갖 과자들이 바닥에서 천장까지 가득 찼다. 가게 장식도 제품들만큼이나 화려해서, 연녹색 선반 중간중간에 솜사탕 같은 분홍색이 들어가 있다. 그래픽 디자이너 미라포라 미나와 에두아르도 리마는 입에서 녹는 '빙하 눈가루'와 '이빨 깨지는 박하사탕', '마담 보볼레타의 나비 날개 사탕', '리마스 괴물 방울 드롭스' 같은 수많은 상품의 포장지를 만들었다. 소품 팀은 초콜릿 해골 인간을 만들고, 알폰소 쿠아론 감독의 나라인 멕시코에서 '죽은 자들의 날'에 먹는 화려한 색깔의 해골 모양 사탕 '칼라베라'도 만들었다. 어린 배우들이 소품을 다 먹어버리지 않도록 스태프들은 사탕 표면에 래커를 칠했다는 거짓말로 배우들에게 경고했다.

"허니듀크 사탕 가게는 환상적이야."

론 위즐리, 〈해리 포터와 아즈카반의 죄수〉

양쪽: 〈해리 포터와 아즈카반의 죄수〉에 나오는 화려한 허니듀크 세트 사진들.

사용자:
허니듀크 가게 고객

등장:
〈해리 포터와 아즈카반의 죄수〉

마법부

마법부

스튜어트 크레이그는 마법부를 만들 때 엄격한 정부 기구에 걸맞은 엄숙한 분위기를 만들고, 또 그 세트의 규모가 촬영소에 짓는 가장 큰 세트가 될 것이 분명했기에 시각적으로 멋진 모습을 보여주고자 했다. 크레이그는 다음 질문들을 던져보았다. "어떻게 해야 현실성 있어 보일까? 어떻게 해야 효율적인 방식이 될까? 어떻게 해야 이 세트에 다른 세트들과 차별되는 개성과 흥미를 담을 수 있을까?" 그의 첫 번째 과제는 마법부의 위치를 정하는 것이었다. "우선 마법부는 지하에 있어요. 하지만 그곳은 일단 행정부죠. 우리는 마법 정부가 머글 정부의 평행 우주 같은 곳에 있다고 설정했어요. 그리고 그곳이 영국 국방부 아래에 있으면 재미있겠다고 생각했죠."

"마법부가 저한테 왜 그러는 거죠?"

해리 포터, 〈해리 포터와 불사조 기사단〉

지하 공간을 연구하기 위해서 크레이그의 팀은 런던 지하철의 터널과 역을 살펴보았다. "우리는 1900년대 초에 지은 아주 오래된 지하철역들에 가봤어요. 대개 막대한 양의 사기 타일로 장식되어 있죠. 역들이 지하수면 아래에 있기 때문에 사기 타일은 합리적인 선택이에요. 타일의 색깔과 고전적 기둥, 여러 가지 장식 요소가 디자인 아이디어를 주었어요. 이미지들도 흥미로웠고요." 크레이그는 또 지하에 위치해 자연 채광이 없으니, 광택 타일을 쓰면 거기에 조명이 반사될 거라는 점도 생각했다. 플루 네트워크에 연결된 거대한 금빛 벽난로들에 둘러싸인 마법부 중앙 홀은 진홍색, 녹색, 검은색으로 장식됐다. 크레이그는 이 공간을 오전 8시 워털루 역에 비유했다. "워털루 역에서도 거대한 통로로 이어지는 대형 중앙 광장으로 출근 인파가 밀려들죠. 차이점이라면 마법부에서는 사람들이 기차 대신 벽난로로 출근한다는 점뿐이에요."

마법부 직원들은 서류 가방 같은 사무 용품을 갖추고 있다. 세트 장식가 스테파니 맥밀란은 중앙 홀에 《예언자일보》를 파는 신문 판매대를 넣고, 커피와 '미니스트리 먼치' 빵을 파는 커피 판매대도 넣었다. 하지만 크레이그는 "마법부는 관료 집단"이라고 단언한다. "그리고 그 안에서는 음험한 일이 벌어지죠. 마법부 장관 퍼지는 위압적인 권력자예요." 크레이그와 데이비드 예이츠 감독은 옛 소련 초기의 선전 포스터를 본떠, 중앙 홀에 코넬리우스 퍼지의 대형 현수막을 걸어 그것이 직원들을 내려다보도록 설치했다. 크레이그는 "그곳이 지하에 있다는 것 자체가 인공적"이라고 말한다. "전혀 세상을 내다보지 못하는 위치잖아요." 실제로 지은 세트의 길이는 60미터가 넘었는데, 영화에서는 이를 CGI로 확장해 그 4배 규모로 보이도록 했다. 크레이그는 "하지만 높이는 스테이지보다 높게

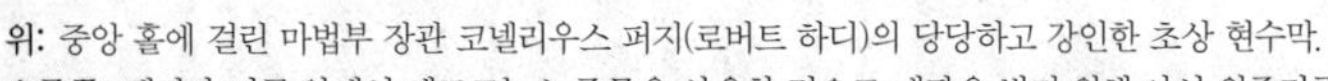

위: 중앙 홀에 걸린 마법부 장관 코넬리우스 퍼지(로버트 하디)의 당당하고 강인한 초상 현수막.
오른쪽: 해리가 머글 앞에서 패트로누스 주문을 사용한 건으로 재판을 받기 위해 아서 위즐리를 따라 법정으로 가는 장면 콘셉트 아트(앤드루 윌리엄슨).

할 수 없었어요"라고 말하며, "6미터가 한계"였다고 고백한다. 2층까지밖에 짓지 못한 마법부의 끝없는 사무실 기둥들은 이후에 디지털로 확장되었다. 스테파니 맥밀란은 사무실 14군데를 꾸며야 했는데, 마법 세계의 규칙에 따라 사무실 어디에도 전기가 들어오지 않았다. 맥밀란이 웃으며 말한다. "전기가 완전히 금지됐어요. 그래서 사무실들에 타자기와 목이 긴 기름 램프를 놓았죠. 그리고 중량 문제 때문에 방 뒤쪽 서류 캐비닛과 서랍장은 종이로 만들었어요." 실제로 그 사무실들에는 스턴트맨들만 들어갈 수 있었다.

〈불사조 기사단〉의 클라이맥스 부분에서 덤블도어와 볼드모트는 마법부 중앙 홀에서 마법 전투를 벌이며 한순간에 200장도 넘는 유리창을 깨뜨린다. 특수 효과 감독 존 리처드슨은 이 장면에 특수 폭발 효과를 사용했고, 거기에 폭발 잔해를 추가했다. 리처드슨이 말한다. "특수 효과는 단 한 번에 성공해야 했어요. 그걸 해내서 정말 기뻤죠." 영화를 제작할 때 흔히 그러듯 중앙 홀의 격렬한 전투 장면을 먼저 촬영했기에, 그 뒤에는 세트를 이전의 깨끗한 상태로 돌리기 위해 대규모 청소 작업을 해야 했다.

사용자: 마법부 장관 퍼지, 스크림저, 씨크니스, 마법부 직원들

촬영 장소: 리브스덴 스튜디오

등장: 〈해리 포터와 불사조 기사단〉 〈해리 포터와 죽음의 성물 1부〉

옆쪽: 대역 배우들이 중앙 홀 세트에서 휴식을 취하고 있다.
위: 〈해리 포터와 불사조 기사단〉에서 망토 입은 여자가 중앙 홀을 걸어가는 모습 콘셉트 아트(앤드루 윌리엄슨).
왼쪽: 볼드모트 경과 덤블도어의 전투가 끝난 뒤에 파괴된 중앙 홀 모습 콘셉트 아트(앤드루 윌리엄슨).

사용자: 마법 법률 자문 위원회, 죽음을 먹는 자들

촬영 장소: 리브스덴 스튜디오

등장: 〈해리 포터와 불의 잔〉〈해리 포터와 불사조 기사단〉〈해리 포터와 죽음의 성물 1부〉

법정

〈해리 포터와 불의 잔〉에서 덤블도어의 방에 들어가 처음으로 펜시브를 들여다본 해리 포터는 마법부 법정으로 들어가서 마법 법률 위원회가 죽음을 먹는 자들을 재판하는 광경을 본다. 해리가 법정으로 '떨어져' 들어가기 때문에 그곳에는 수직 구조가 있어야 했다. 해리는 시각 효과의 도움으로 16층 높이(약 50미터) 천장에서 떨어져서 그 팔각형 방으로 들어간다. 스튜어트 크레이그는 그 방을 설계할 때 시리즈에서 한 번도 쓰지 않은 독특한 스타일을 활용했다. "고대 비잔틴 교회들을 참고했어요. 현재 터키의 이스탄불인 비잔티움시는 5세기에는 로마 제국의 일부였죠. 비잔틴풍은 영화 전체에 많이 쓴 뾰족뾰족한 고딕풍과 달리 둥근 아치와 돔 지붕이 특징이에요." 고대 건축풍을 선택한 결과, 법정 자체는 아주 오래된 느낌을 풍긴다. 법정의 빽빽한 배치는 조여드는 듯 답답하고 위압적이지만, 실제로는 200명이 들어갈 수 있는 넓이의 방이었다. 크레이그는 "전편의 영화들보다 더 위압적이고 어두운 모습"이라고 말한다. "상황의 분위기를 확실히 전달해야 했거든요." 법정은 마법부 안쪽 깊숙한 곳에 자리 잡고 있어서 외부 광원이 없다. 그래서 벽 속의 높고 우묵한 공간들에 자리한 거대한 벽난로 4개가 붉은색과 황금색 빛을 발했다. 무늬를 상감한 바닥과 주변을 둘러싼 기둥은 대리석 무늬 종이로 마감됐다. 그린고트 마법 은행 바닥(과 〈해리 포터와 마법사의 돌〉에 나오는 거대한 마법 체스 판)에 쓴, 물과 유화 물감을 담은 큰 통에 담갔다가 꺼내서 붓으로 마무리한 바로 그 종이다. 총총 늘어선 대리석 기둥들에는 금색을 입혀서 불빛을 반사시켰다. 오랜 세월 속에 조금씩 허물어진 그 방의 벽은 갈라지고 페인트는 벗겨져 있다. 벽에는 비잔틴 성화와 비슷하지만 마법 세계 버전으로 재탄생한 벽화들이 걸려 있고, 덤

“피고의 혐의는…….”

코넬리우스 퍼지, 〈해리 포터와 불사조 기사단〉

블도어의 기억 속 법정 중심에는 심문 대상자를 가둔 창살 우리가 있다. 크레이그는 이를 중세의 고문 기구와 비슷하다고 설명한다. “마이크 뉴얼 감독이 고문 기구처럼 만들기를 원했거든요. 그래서 무시무시한 가시들이 그 안의 증인을 향해 뻗어 있도록 만들었죠.”

〈해리 포터와 불사조 기사단〉에서 해리는 미성년 마법 사용 문제로 재판을 받기 위해 법정으로 향한다. 이때의 법정은 이전과 달라지고 또 확장되었다. 크레이그가 말한다. “두 배로 커졌어요. 대칭 구조는 중요한 사항이기 때문에 그대로 유지했지만, 팔각형 구조를 또 하나 지어 거기에 붙였죠.” 이전의 서류 더미가 없어진 법정은 타일에 덮인 마법부 중앙 홀과 좀 더 비슷해졌다. 크기는 두 배가 되었지만 불빛은 여전히 4개뿐이어서, 방은 어둡고 삭막한 그림자에 덮여 있다.

〈해리 포터와 죽음의 성물 1부〉에서 해리와 론, 헤르미온느는 돌로레스 엄브릿지가 착용한 호크룩스 로켓을 훔치기 위해 변장을 하고 법정에 몰래 침입한다. 이때의 법정은 전과는 다른 방이다. 법정은 다시 하나의 팔각형 공간으로 돌아갔고, 암녹색 사기 타일에 둘러싸여 있다.

양쪽, 왼쪽 위부터 시계 방향: 위에서 내려다본 팔각형 방 콘셉트 아트.
〈해리 포터와 불의 잔〉 속 법정 스틸 사진. 나뭇잎을 새긴 황금 기둥들과 비잔틴풍 벽화가 두드러진다.
빅토리아풍 타일이 깔린 〈해리 포터와 죽음의 성물 1부〉 속 법정 모습.
죄수를 가둔 우리는 중세의 고문 도구를 본떠 만들었다.

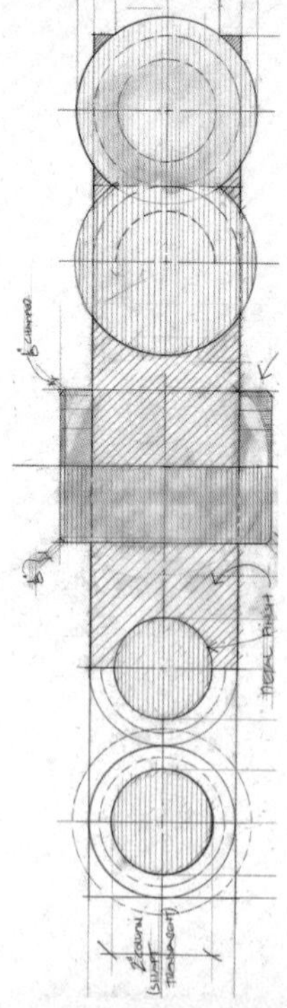

사용자:
덤블도어의 군대,
죽음을 먹는 자들

등장:
〈해리 포터와 불사조 기사단〉

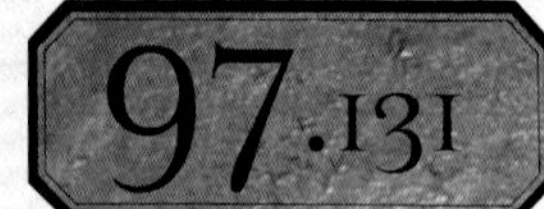
97.131

예언의 방

〈해리 포터와 불사조 기사단〉에서 해리 포터는 볼드모트가 보낸 환상에 속아 시리우스 블랙을 구하기 위해 마법부의 미스터리 부서로 달려간다. 그리고 덤블도어의 군대 친구들인 론 위즐리, 지니 위즐리, 헤르미온느 그레인저, 네빌 롱바텀, 루나 러브굿과 함께 크고 수백 수천 개의 작은 구체가 들어차 있는 예언의 방으로 들어간다.

예언의 방은 〈해리 포터〉 시리즈에서 처음으로 만든 전면 가상 세트다. 예언의 방을 디지털로 만들자는 결정은 쉽지 않았다. 스튜어트 크레이그가 말한다. "시험 촬영도 많이 해보고 토론도 많이 했어요. 실제로 세트를 짓고 거기에 CGI를 덧붙이는 일이 늘 쉽지는 않아요. 때로는 통째로 만드는 편이 나을 때도 있죠."

"해리? 네 이름이 적혔어."

네빌 롱바텀, 〈해리 포터와 불사조 기사단〉

그 방의 조명과 거기 있는 물체들의 속성이 세트를 디지털로 만들자는 결정의 가장 강력한 근거가 됐다. "우리는 예언들을 흐릿한 불빛과 비슷하게 만들어서, 학생들이 그 옆을 지나가면 밝아졌다가 어두워지게 하고 싶었어요. 그런데 그렇게 하자면 조명 기구처럼 보이지 않게 하기가 아주 어려웠어요. 반면에 컴퓨터로 만들면 온갖 신비함과 미묘함을 다 표현할 수 있었죠."

제작진은 세트 일부를 실제로 지어보려 했다. 스테파니 맥밀란의 팀은 선반 구조를 하나 만들고, 거기에 5센티미터부터 45센티미터에 이르는 다양한 지름의 예언 구체에 이름표를 달아 채워달라는 요청을 받았다. 맥밀란이 회상한다. "다 합해서 1만 3000개 정도의 구체를 만들어 배경에 사용할 예정이었어요. 앞쪽에 있는 선반은 특수 효과로 만들 계획이었죠." 하지만 새로운 문제가 대두되었다. 장면 마지막에 선반과 유리 구체들이 마구 깨지는데, 배우들의 안전을 위해서 그 장면은 디지털로 완성되어야 했다. 그래서 결국 디지털 제작이 확정되었다. 소품 재활용의 달인 맥밀란은 이때 만든 구체 몇 개를 마법부 중앙 홀 커피 판매대의 음료수 통으로 활용했다. 예언의 방 장면은 바닥에 경로를 표시하고, 배우들이 상대할 선반의 단순하고 앙상한 틀만 놓은 상태로 그린스크린 방에서 촬영됐다. 디지털 아티스트들은 경로 표시를 참고해 방의 구조를 파악한 후에 디지털 선반과 구체를 무한 복제했다.

양쪽, 왼쪽 위부터 시계 방향:
해리, 론, 헤르미온느, 네빌, 루나, 지니가 예언의 방에서 죽음을 먹는 자들에게 쫓기고 있다.
컴퓨터 렌더링에 앞서 제작된 구체와 선반 도면.
예언의 방의 끝없는 선반을 표현한 앤드루 윌리엄슨 콘셉트 아트.
소품 팀에서 제작한 실제 구체 모형.
예언의 방 선반들에 붙은 번호표.

양쪽, 왼쪽 위부터 시계 방향:
미스터리 부서로 들어가는 해리와
덤블도어의 군대.
시리우스 블랙이 전투 중 베일 뒤로
넘어가며 죽는 장면 콘셉트 아트.
미스터리 부서 세트의 벨라트릭스
레스트랭(헬레나 보넘 카터)과
시리우스 블랙(게리 올드먼).

머글 태생 등록 위원회와 사무실

사용자:
돌로레스 엄브릿지

등장:
〈해리 포터와 죽음의 성물 1부〉

〈해리 포터와 죽음의 성물 1부〉에서 폴리주스 마법약으로 변신한 해리 포터는 돌로레스 엄브릿지가 착용한 호크룩스를 찾아 머글 태생 등록 위원회(머글 태생 마법사들을 추적하기 위해 새로 생긴 부서)에 들어선다.

머글 태생 등록 위원회는 검은 타일이 깔린 방에서 선전 책자를 열심히 편집해 서류함으로 날려 보낸다. "우리는 거대한 아치 천장이 있는 세트에 머글 반대 책자를 만드는 사무원용 책상 48개를 놓았어요." 스테파니 맥밀란이 말한다. 방 가장자리에는 코린트 양식으로 꼭대기를 장식한 황금 기둥들이 자리하고, 만자 무늬 테두리를 두른 보라색 카펫이 바닥에 깔렸다. 스튜어트 크레이그는 마법부 장식의 악센트로 곳곳에 보라색을 사용했다.

돌로레스 엄브릿지의 새 사무실은 스튜어트 크레이그에 따르면 "또 하나의 분홍색 모험"이었다. 물론 영화가 어두워지면서 세트들의 색조도 어두워졌다. 엄브릿지의 사무실은 마법부 중앙 홀이 내다보이는 위치라서 빛이 방 안으로 쏟아져 들어오지만, 벽의 암녹색 타일이 방을 어둡게 한다. 머글 태생 등록 위원회에서 보이던 황금색 코린트 양식 기둥 꼭대기가 여기서는 아주 커져서 타일 덮인 기단 위에 얹혀 있다. "하지만 엄브릿지의 마법부 사무실은 호그와트에서처럼 여전히 뭔가가 많고 가구도 많죠." 맥밀란이 말한다. 분홍색 깔개와 날카로운 프랑스풍 가구들이 옮겨지고 고양이 접시도 대부분 옮겨왔지만, 사무실이 어둡기 때문에 블루스크린을 써서 고양이를 움직이지는 않았다.

돌로레스 엄브릿지의 사무실(옆쪽 위) 밖에서 직원들이 머글 반대 책자를 만드는 모습(아래, 옆쪽 아래)을 담은 앤드루 윌리엄슨의 콘셉트 아트.

"잡종들, 그리고 평화로운 순수 혈통 사회에 그들이 가하는 위험."

머글 태생 등록 위원회가 배포하는 팸플릿, 〈해리 포터와 죽음의 성물 1부〉

마법사들의 집

그리몰드 광장

〈해리 포터와 불사조 기사단〉에서 불사조 기사 단원들의 안내에 따라 블랙 가문의 유서 깊은 집 그리몰드 광장 12번지로 향한 해리 포터는 거기서 위즐리 가족과 시리우스 블랙 등을 만나 볼드모트의 군대를 막을 일을 의논한다. 마법의 집인 그리몰드 광장 12번지는 그 집이 거기 있다는 것을 아는 사람에게만 보인다. 스튜어트 크레이그가 설명한다. "그리몰드 광장은 빗물 배수관 뒤에서 나타나요. 먼저 일차원으로 시작해서 이차원으로, 거기서 현관 계단이 튀어나오고 유리창이 물러나면서 삼차원이 되죠." 크레이그는 처음부터 그리몰드 광장은 19세기 초의 주택이 많은 조지풍 광장에 위치해야 한다고 생각했다. 나란히 잇닿은 여섯 채의 집이 촬영소에 세워졌지만, 그리몰드 광장이 나타나는 모습은 디지털로 완성되었다. 그런 뒤 어항이 흔들리고, 커튼이 펄럭이고, 지붕에서 먼지가 떨어지는 여러 특수 효과를 넣었다.

"외관은 전형적으로 조지 시대풍이에요. 하지만 그것이 마법적으로 나타나는 방식은 전형적이지 않죠. 우리는 집의 그런 특징을 실내에 반영해서 공간을 특이하게 뒤틀었어요. 현관문을 열면 통로가 아주 좁다든가 하는 식으로요." 복도와 부엌에는 인위적 원근법을 사용해서 아득한 느낌을 주며 멀리 사라지게 했다. 세트 장식가 스테파니 맥밀란은 시리우스 블랙이 아즈카반 탈옥 이후 숨어서 지냈기 때문에 "그 집에는 닫힌 느낌도 있"다고 말한다. "스튜어트는 높고 좁은 천장으로 그런 느낌을

사용자: 블랙 가족, 불사조 기사단

촬영 장소: 리브스덴 스튜디오

등장: 〈해리 포터와 불사조 기사단〉 〈해리 포터와 죽음의 성물 1부〉

주었어요. 아무도 밖을 볼 수 없도록 거울 처리된 좁고 긴 창문들도 폐쇄적인 효과를 내죠." 맥밀란은 좁은 옷장, 서랍장, 침대로 비좁은 느낌을 강화시켰다.

크레이그는 그리몰드 광장의 기본 색채로 흑청 잉크색을 골랐다. 스테파니 맥밀란은 그 집에 넣을 가구를 산 뒤 흑단색으로 칠해 계단 및 벽 하단 굽도리널과 색깔을 맞추었고, 벨벳 커튼과 허물어지는 벽 등에는 회색을 많이 사용했다. 벽의 진회색 실크는 섬뜩한 광택을 낸다. 론이 머무는 계단 위 손님방은 돌아가신 시리우스 블랙의 어머니가 꾸몄다는 가정 하에 장식됐다. 어머니가 그 방에 "드물게 벽지를 썼"다고 상정한 맥밀란은 고풍스런 줄무늬 벽지를 발라서 수직적인 느낌을 주었다. 줄무늬는 회색 실크 커튼에도 들어가 있다. 맥밀란은 그 방에 검은 서랍장을 넣고 손때 묻은 바느질용 여성 인체 모형을 두었다. "그리고 옛날 부채들을 모아서 검은 틀 액자에 넣고, 그 안에 죽은 나방도 넣었죠." 맥밀란이 덧붙였다.

"데이비드 예이츠는 부엌을 애초 설계보다 훨씬 더 길게 만들고 싶어 했"다고 맥밀란은 말한다. "그러면 시리우스와 해리가 가족에게서 떨어진 느낌이 강조될 것 같았거든요." 블랙가의 부엌에 넣을 6미터 길이 테이블을 찾지 못한 맥밀란은 결국 스튜디오에 그것을 만들었다. 촬영을 위해 떼어낼 수 있는 와일드 월로 지어진 부엌 벽들 앞에는 4미터 높이 식기장이 놓였다. "식기장에는 오래된 은제 그릇과 백랍 그릇이 어지럽게 쌓여 있어요. 크리처가 살림을 하기 때문이죠. 진청색과 황금색 테를 두르고 가문의 상징 문양을 새긴 도자기들도 있어요." 맥밀란은 가정적인 느낌을 주기 위해 부엌에 솥과 찻주전자들을 넣었다.

해리는 〈해리 포터와 죽음의 성물 1부〉에서 죽음을 먹는

양쪽, 왼쪽 위부터 시계 방향: 길이가 9미터인 그리몰드 광장 12번지의 거실.
〈해리 포터와 불사조 기사단〉의 몰리 위즐리(줄리 워터스)와 해리 포터.
〈해리 포터와 죽음의 성물 1부〉에서 손님방에 들어가는 해리.
〈해리 포터와 불사조 기사단〉에서 데이비드 예이츠 감독이 위즐리 가족의 크리스마스 파티 모습을 보고 있다.
그리몰드 광장 전면 모습.

자들에게 쫓길 때 론 위즐리, 헤르미온느 그레인저와 함께 다시 그리몰드 광장으로 피신한다. 이때 스테파니 맥밀란에게는 새로운 과제가 주어졌다 "원래 있던 큰 거실도 꾸며야 했고, 영화에 나온 적 없는 시리우스와 레귤러스의 방도 만들어야 했어요. 그때는 이미 세트를 철거한 상태였기 때문에 그 집을 다시 지었죠." 맥밀란은 해리와 론, 헤르미온느가 지내는 거실에 대해서는 생각이 확고했다. "폭신한 소파는 어울리지 않아 보였어요. 등받이가 꼿꼿한 섭정 시대풍 천 소파를 놓고 싶어서 대여점에서 원하는 것을 찾았죠. 보기 흉한 커버에 덮인 두 소파의 모습이 아주 완벽했어요." 맥밀란은 그것을 팔지 않겠느냐고 물었을 때의 대여점 주인의 반응을 웃으며 전했다. "그 주인이 고마워하더라고요. 아직까지 그걸 빌린 사람은 한 명도 없었다면서요." 소파는 검은색과 황금색 아시아풍 천으로 커버를 새로 씌웠다. 데이비드 예이츠는 9미터 길이 거실에 그랜드 피아노를 놓자고 제안했다. "그래서 우리는 양쪽에 벽난로가 하나씩 있는 음악실 겸 거실을 만들었어요. 그리고 한쪽 벽에 제가 평생 디자인한 중 가장 큰 책장을 넣었죠."

"부모님 집인데,
불사조 기사단에
본부로 기증했지."

시리우스 블랙, 〈해리 포터와 불사조 기사단〉

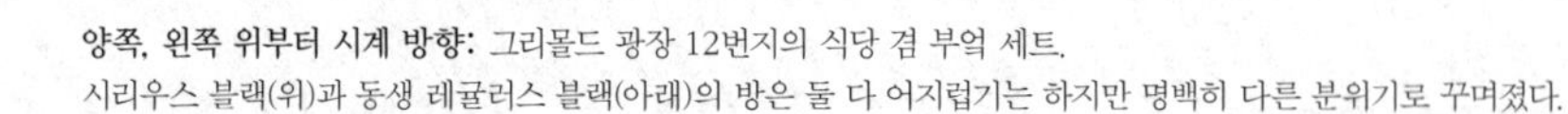

양쪽, 왼쪽 위부터 시계 방향: 그리몰드 광장 12번지의 식당 겸 부엌 세트.
시리우스 블랙(위)과 동생 레귤러스 블랙(아래)의 방은 둘 다 어지럽기는 하지만 명백히 다른 분위기로 꾸며졌다.
시리우스의 방에 붙은 이름표.

✶ 블랙 가계도 태피스트리 ✶

블랙가의 가계도를 담은 태피스트리는 애초에는 계단 옆에 세로로 늘어뜨릴 예정이었지만, 제작진은 더 강한 인상을 주기 위해 아예 2층에 방을 따로 만들어 태피스트리로 벽을 둘렀다. 태피스트리가 벽 전체를 덮기 때문에 책에 나오는 것보다 더 자세한 가계도가 필요했고, 제작자 데이비드 헤이먼은 J.K. 롤링에게 어떤 내용을 더해야 할지 물었다. 그러자 팩스로 5세대에 걸친 사람들의 이름과 출생, 결혼, 사망일, 가족의 상징 문양과 가훈이 전송됐다. 그래픽 디자이너 미라포라 미나는 롤링과 의논하며 가로로 된 가계도를 만들고, 중세의 태피스트리를 연구해 사람들의 얼굴 그림을 넣었다. "수많은 태피스트리를 보면서 남녀 마법사로 보일 만한 얼굴을 찾았어요." 그런 뒤 태피스트리를 만들 방법을 의논했다. 미나가 회상한다. "처음에는 태피스트리 제작자들을 만났어요. 그걸 실제로 만들자는 의견도 있었거든요. 하지만 다행히 진정한 영화적 방식으로, 그러니까 가짜로 만들기로 했어요." 스테파니 맥밀란은 양탄자의 결을 흉내 낸 직물을 찾아서 그 위에 이미지를 프린트하고, 파문당한 인물들을 지져 없앤 뒤 천을 손상시키고 마모시켜 태피스트리를 완성했다.

양쪽, 왼쪽 위부터 시계 방향: J.K. 롤링의 스케치에 토대해서 미라포라 미나가 디자인한 (크기를 짐작할 수 있도록 시리우스 블랙 역의 게리 올드만 사진을 넣은) 블랙 가문의 태피스트리.
〈해리 포터와 불사조 기사단〉에서 시리우스 블랙이 해리 포터를 끌어안고 있다.
태피스트리에는 파문된 자들의 초상을 지져서 없앤 자국이 있다.

GENS ANTIQUISSIMA BLACK ♦ EN STIRPS NOBILIS ET GENS ANTIQUISSIMA BLACK ♦ EN STIRPS NOBILIS ET
♦ EN STIRPS NOBILIS
BLACK ♦ EN STIRPS NOBILIS ET GENS ANTIQUISSIMA BLACK ♦

ET GENS
NOBILIS ET GENS ANTIQUISSIMA BLACK ♦ EN STIRPS NOBILIS ET GENS
ANDROMEDA

사용자:
빌 위즐리와 플뢰르 위즐리, 올리밴더, 그립훅, 루나 러브굿

촬영 장소: 웨일스 펨브로크셔주 프레시워터 웨스트

등장:
〈해리 포터와 죽음의 성물 1부〉〈해리 포터와 죽음의 성물 2부〉

조개껍데기 오두막

"조개껍데기 오두막의 실루엣은 전형적인 틀에서 크게 벗어나지 않아요." 스튜어트 크레이그가 말한다. "그냥 영국의 작은 오두막이에요. 하지만 가까이 접근하면 재료가 특이하다는 걸 알 수 있죠." 조개껍데기 오두막은 〈해리 포터와 죽음의 성물 1부〉에서 해리 포터와 헤르미온느 그레인저, 론 위즐리, 그립훅, 올리밴더, 루나 러브굿이 말포이 저택에서 도망쳐 나온 뒤 몸과 마음을 회복하는 장소가 된다. 크레이그는 조개껍데기로 만든 집들을 조사했지만, 가장 많이 사용한 집도 조개껍데기를 표면 장식으로만 사용했을 뿐이었다. "아예 조개껍데기로 집을 지으면 더 흥미로울 거라고 생각했어요." 하지만 언제나 그렇듯이 그가 원하는 것은 집에 현실성을 주는 것이지, 정서적 느낌을 약화시킬지도 모르는 기발함이 아니었다. "기본적으로 세 가지 조개껍데기를 사용했어요. 벽은 굴 껍데기예요. 벽을 지탱할 수 있도록 아주 큰 것을 썼죠. 커다란 가리비 껍데기는 빗물을 잘 막아주어서 지붕으로 좋다고 생각했어요. 그리고 큰 맛조개 껍데기는 지붕 용마루 기와로 적격이었죠. 여전히 환상의 건물이기는 하지만 그래도 어느 정도 말이 되는 구조였어요." 지붕에 들어간 가리비 껍데기만 4500개였다.

책에는 조개껍데기 오두막이 절벽 위에 있다고 되어 있지만, 데이비드 예이츠 감독은 배경에 부서지는 파도와 흰 물결을 넣고 싶었다. 해변 장소 물색에 나선 제작진은 잉글랜드뿐 아니라 웨일스의 해변들도 살펴보았고, 결국 웨일스의 프레시워터 해변을 골랐다. 그곳에는 큰 모래 언덕들이 있고, 크레이그가 웃으며 말하듯이 "최고의 파도를 배달"했다. 크레이그는 그 환경이 다른 것들도 전달한다고 보았다. "조개껍데기 오두막이 바닷가 모래밭에 있기 때문에 모래가 날려서 집을 묻을 수도 있어요. 그 사실이 독특한 비애를 일으킨다고 생각했죠."

제작진은 리브스덴 스튜디오에서 오두막을 사전 제작한 뒤, 프레시워터 해변에 세웠다. 크레이그가 말한다. "촬영 현장에서 지으면 비용도 많이 들고, 건설 자체가 더 어려운 경우가 많아요. 프레시워터의 파도를 이용하는 데는 강풍이라는 대가를 치러야 했죠. 그곳에서의 작업은 몹시 힘들었어요." 바람은 집의 안정성에도 영향을 미쳤기에, 제작진은 집이 바람에 쓰러지지 않도록 내부에 강철 골격을 세우고 전체 중량이 수톤에 이르는 대형 물통들을 매달아 고정시켰다. 크레이그는 다음과 같이 회상했다. "건축을 마쳤더니 하루에 두 번씩 밀물과 썰물이 드나드는 모습을 장면과 장면 사이에 어긋나지 않게 맞추어야 하는 문제가 생겼어요. 해변은 우리에게 몇 가지 문제를 주었지만 극적인 재미도 주었죠."

양쪽, 왼쪽 위부터 시계 방향: 앤드루 윌리엄슨의 콘셉트 아트.
스튜디오에서 만든 뒤 프레시워터 해변으로 옮겨진 조개껍데기 오두막 최종 외관.
〈해리 포터와 죽음의 성물 2부〉에서 조개껍데기 오두막 바깥의 러브굿(이반나 린치).
앤드루 윌리엄슨의 콘셉트 아트.

고드릭 골짜기

해리 포터와 헤르미온느 그레인저는 〈해리 포터와 죽음의 성물 1부〉에서 호크룩스를 찾아 작은 마을을 찾아가, 해리의 부모님 무덤을 보고 바틸다 백셧의 집을 방문한다. 프로덕션 디자이너 스튜어트 크레이그는 그 마을 전체를 만들 때 〈해리 포터와 마법사의 돌〉에서 잠시 비친 포터 부부의 집과 책 설명을 참고했다. "화강암을 쓴 고딕풍 호그와트나 호그스미스와 달리 아주 영국적인 분위기로 만들고 싶었어요. 고드릭 골짜기는 스코틀랜드 남부를 대표하는 스타일이에요. 부분 목재 골조 방식과 벽돌과 석회를 쓴 가옥 전면 모습은 튜더 시대풍이죠." 크레이그와 장소 섭외 관리자 수 퀸은 고드릭 골짜기와 비슷한 시골 마을을 찾아보았고, 15세기의 부분 목재 골조 가옥들이 가득한 서퍽주의 래브넘을 발견했다. "그곳은 서퍽주에서 손꼽힐 만큼 아름다운 마을이에요." 크레이그가 말한다. 하지만 촬영은 스튜디오에서 하기로 결정했는데, 리브스덴이 아닌 다른 곳이었다. "파인우드 스튜디오에는 멋진 정원이 있어요. 그곳이 영화 스튜디오가 되기 전에 사유지이던 시절부터 있던 정원이죠. 거기 눈부신 삼나무가 있어요." 그는 그 나무의 넓은 가지 아래 고드릭 골짜기의 묘지가 펼쳐지고, 교회 뜰과 교회와 마을 전체가 그곳을 중심으로 퍼지는

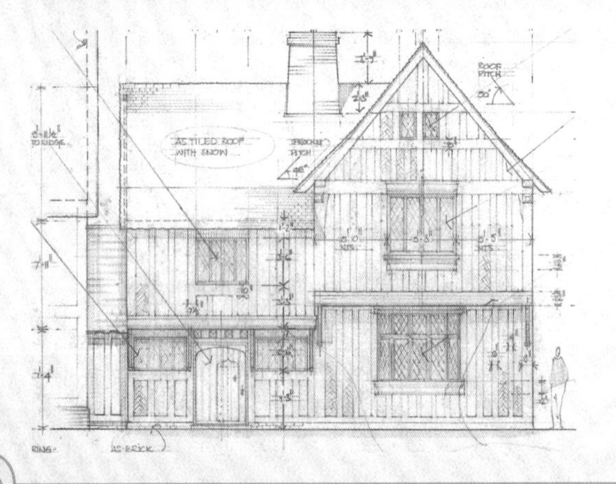

"고드릭 골짜기에 가고 싶어.
내가 태어나고, 부모님이 돌아가신 곳."

해리 포터, 〈해리 포터와 죽음의 성물 1부〉

사용자: 제임스 포터, 릴리 포터, 해리 포터, 바틸다 백셧, 알버스 덤블도어, 애버포스 덤블도어, 아리애나 덤블도어

촬영 장소: 잉글랜드 서퍽주 래브넘, 파인우드 스튜디오

등장: 〈해리 포터와 죽음의 성물 1부〉

모습을 상상했다. 크레이그는 전통적인 영국 교회 묘지들도 조사했다. "영화 속 묘지는 과장되어 있어요. 일반 묘지보다 비석이 훨씬 크죠." 파인우드 촬영소에 지은 세트에 래브넘 풍경을 디지털로 합성하고, 세트 전체를 눈으로 덮었다. 특수 효과 감독 존 리처드슨은 눈을 40톤가량 사용했다고 밝혔다. "길, 지붕, 창문, 나무를 모두 눈으로 덮었어요. 세트를 철거할 때 폭풍이 불었는데, 그것도 문제였지만 그 후에 청소하는 일이 더 큰 문제였죠." 크레이그가 말한다. "안타깝게도 촬영을 하는 동안 잔디밭이 망가졌어요. 우리는 정원 전체를 교체했고, 그들은 이해해주었죠. 그런 일은 스튜디오에서 자주 일어나거든요. 나무 하나가 엄청난 힘을 발휘한 경우지만 그만한 가치가 있었어요. 아주 멋진 나무예요."

양쪽, 왼쪽 위부터 시계 방향: 〈해리 포터와 죽음의 성물 1부〉에서 헤르미온느 그레인저가 해리 포터의 부모님 비석 앞에서 해리를 끌어안고 있다. 파인우드 스튜디오에 지은 고드릭 골짜기의 모습들. 세트 설계용 도면.

러브굿의 집

해리 포터, 론 위즐리, 헤르미온느 그레인저는 루나 러브굿의 집을 찾아가 루나의 아버지 제노필리우스에게서 죽음의 성물에 대한 이야기를 듣는다. 제노필리우스는 이 집에서 마법부가 통제하는 《예언자일보》의 대안 매체 역할을 하는 싸구려 잡지 《이러쿵저러쿵》을 발행한다. 루나 러브굿을 연기한 이반나 린치는 그 집이 "어이없는 기사들을 찍어내기에 딱 맞는 장소"라고 말한다.

"J.K. 롤링은 그 집을 체스 말 중 하나인 '룩'과 비슷한 모양의 검은 탑이라고 설명했어요." 스튜어트 크레이그가 말한다. "그래서 변화를 줄 만한 여지가 별로 없었죠. 저는 항상 건물을 조각한 듯한 형태로 만들려고 해요. 그래서 그 집도 그냥 원통형이 아니라 옆으로 삐딱하게 기울고 위로 갈수록 가늘어지는 형태로 구상했죠." 집 안의 가구들은 집의 원형 구조에 형태를 맞추었다. 부엌 용품, 서랍장, 책상, 책장은 벽의 곡선에 맞췄고, 벽에는 이반나 린치가 직접 그린 마법 동물을 본뜬 그림이 가득하다. 스테파니 맥밀란은 이반나 린치의 예술적 안목을 칭찬하며 "이반나가 멋진 아이디어를 여럿 생각해냈"다고 말했다. "그 결과 아주 특이하면서도 포근한 집이 만들어졌어요."

양쪽, 왼쪽 위부터 시계 방향: 러브굿의 집 콘셉트 아트(앤드루 윌리엄슨).
리스 이반스(제노필리우스 러브굿)가 〈해리 포터와 죽음의 성물 1부〉의 감독 데이비드 예이츠와 상의하고 있다.
러브굿의 집 내부 세트. 스튜어트 크레이그의 스케치.

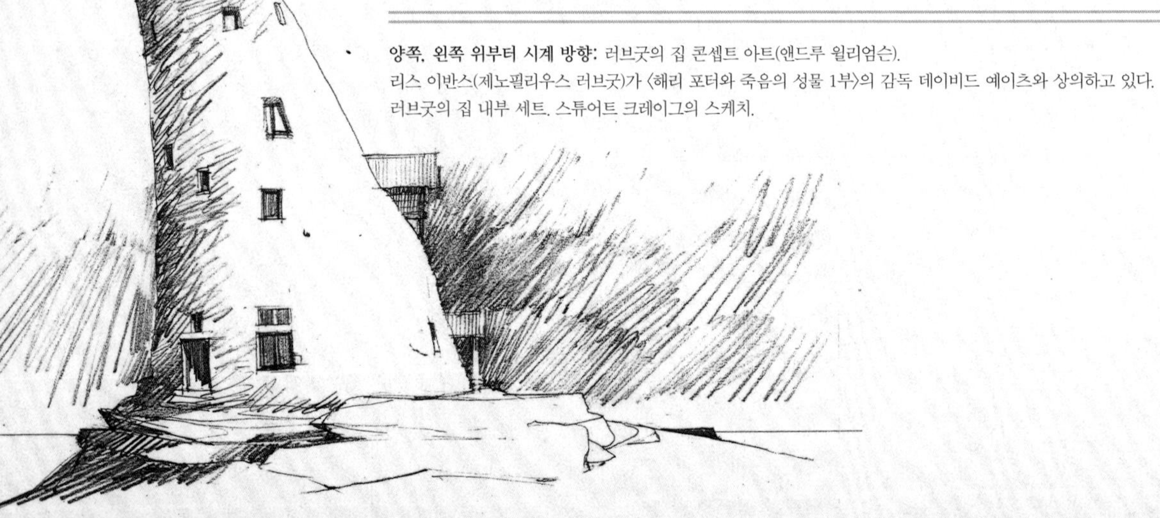

"날아다니는 자두에 접근하지 마시오."

러브굿 집 앞의 표지판, 〈해리 포터와 죽음의 성물 1부〉

사용자: 루나 러브굿, 제노필리우스 러브굿

촬영 장소:
리브스덴 스튜디오, 잉글랜드 요크셔주 그래싱턴

등장: 〈해리 포터와 죽음의 성물 1부〉

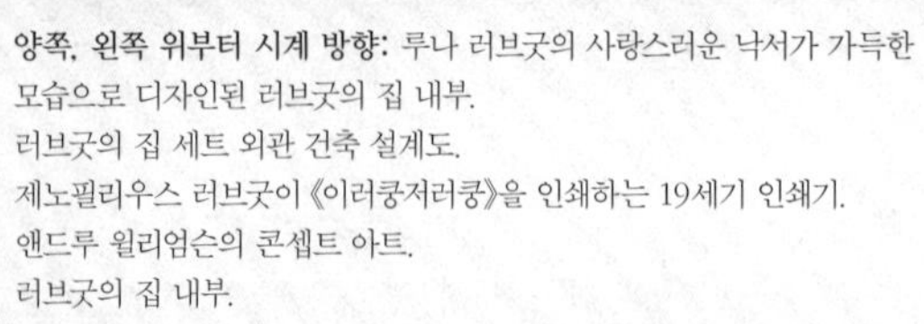

양쪽, 왼쪽 위부터 시계 방향: 루나 러브굿의 사랑스러운 낙서가 가득한 모습으로 디자인된 러브굿의 집 내부.
러브굿의 집 세트 외관 건축 설계도.
제노필리우스 러브굿이 《이러쿵저러쿵》을 인쇄하는 19세기 인쇄기.
앤드루 윌리엄슨의 콘셉트 아트.
러브굿의 집 내부.

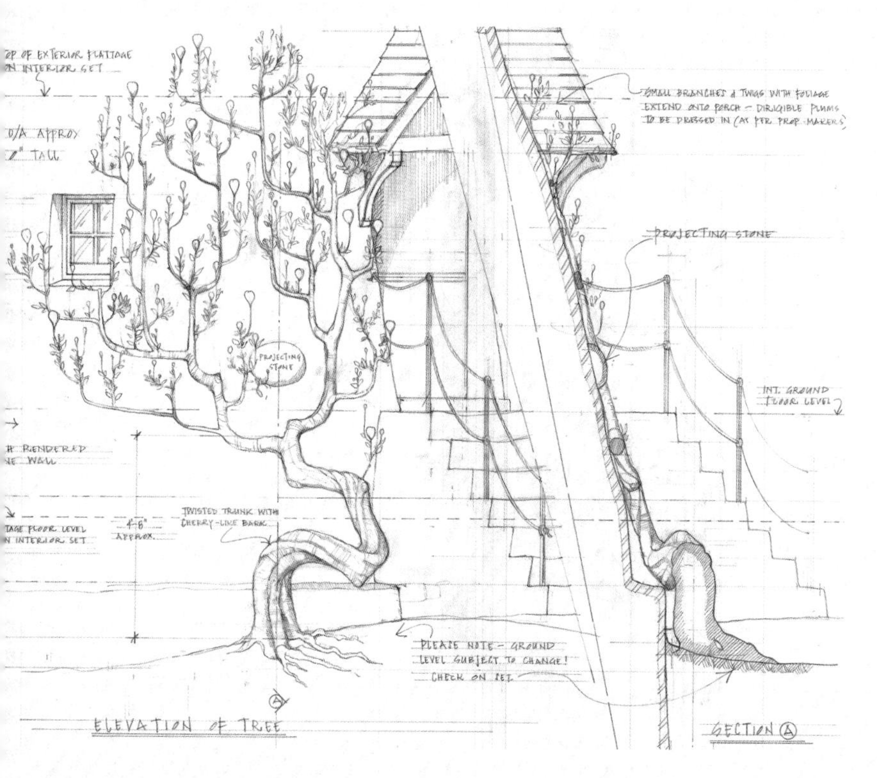

집의 중심부에는 가장 중요한 가구인 제노필리우스 러브굿의 인쇄기가 있다. 실물 규격에 작동도 가능한 이 기계는 1889년에 제작된 미국 인쇄기를 토대로 해 만들어졌다. 주변 바닥에는 《이러쿵저러쿵》 과월호들이 쌓여 있다. 그래픽 팀은 제노필리우스가 이 잡지를 7호까지 발행하면서 총 5000부를 찍었다고 추정했다. 《이러쿵저러쿵》 최신호는 롤러코스터 같은 인쇄기 벨트를 타고 벽과 천장을 오르내리며 방 전체를 돌아다닌다.

크레이그는 러브굿의 집을 버로우가 있는 외딴 습지와 비슷한 풍경 속에 위치시켰다. "마법사들의 집은 머글 세계에서 쉽게 보이지 않는 황량한 장소에 있는 편이 어울려요"라고 크레이그는 주장한다. 버로우의 배경이 된 시골은 잉글랜드 남부 해안 근처에 있지만, 러브굿의 집은 그곳에서 북쪽으로 500킬로미터 떨어진 요크셔주 그래싱턴 마을의 황야에 위치한다. "하지만 두 집이 언덕 하나를 사이에 두고 있다고 해도 믿을 수 있을 거예요."

"아름다운 버드레이 바베르톤 마을에
온 것을 환영한다."

덤블도어 교수, 〈해리 포터와 혼혈 왕자〉

버드레이 바베르톤

덤블도어 교수는 〈해리 포터와 혼혈 왕자〉 도입부에서 해리 포터를 버드레이 바베르톤 마을로 데리고 간다. 그 마을에는 전직 호그와트 교수 호레이스 슬러그혼이 어둠의 세력을 피해 몸을 숨긴 머글의 집이 있다. 엄밀히 보면 '마법사의 집'이라고 할 수는 없지만, 슬러그혼이 연보라색 줄무늬 안락의자로 변신해 몸을 숨긴 방법은 일반적인 머글 보안과는 거리가 멀다! 덤블도어가 지팡이로 찌르자, 의자는 슬러그혼 교수(짐 브로드벤트)로 모습을 바꾼다. 디자인 팀의 첫 과제는 안락의자 커버도 되고 잠옷도 될 만한 천을 찾는 일이었다. 의상 감독 자니 트밈은 먼저 옷이 될 수 있는 재료를 찾았다. "마침내 천을 발견한 후에 잠옷과 의자 커버를 만들 만한 양을 구매했어요. 잠옷 상의 여밈 끈이자 의자 가장자리 장식이 될 끈도 찾았죠." 특수 효과 감독 팀 버크가 그 뒤를 이어받았다. "데이비드 예이츠 감독과 의논했죠. 우리 방식으로 장면을 구현하려면 짐 브로드벤트가 안락의자를 연기해야 한다는 결론이 나왔어요. 그래서 시소 비슷한 장치를 만들어서 그가 안락의자 같은 자세로 거기에 앉아 있다가 일어나서, 그러니까 사람으로 돌아와서 연기하게 했죠." 장치가 정확한 순간에 배우를 들어 올리면 배우는 "몸을 떨면서" 나오기만 하면 됐다. 의자가 잠옷으로 변하는 과정 일부는 디지털로 완성됐다. 스테파니 맥밀란은 슬러그혼의 잠옷 색깔에서 힌트를 얻어 그 방을 장식할 색채를 결정했다.

사용자: 호레이스 슬러그혼

촬영 장소:
잉글랜드 윌트셔주 라콕 마을

등장: 〈해리 포터와 혼혈 왕자〉

해리와 덤블도어가 찾아갔을 때 엉망으로 흐트러져 있던 그 집은 마법으로 곧 본래 모습을 회복한다. 이 장면을 만들기 위해 시각 효과 팀은 먼저 잘 정돈된 상태의 거실을 스캔한 뒤, 가구가 부서지고 장식물이 흩어진 방을 다시 스캔했다. 대니얼 래드클리프(해리), 마이클 갬번(덤블도어), 짐 브로드벤트와 가구 몇 점만 있는 거의 텅 빈 방에서 장면을 촬영한 후에, 시각 효과 팀은 미리 스캔해둔 각 소품이 망가진 상태에서 본래의 상태로 변신하는 애니메이션을 만들어 실사 연기 장면에 합성했다.

양쪽, 왼쪽 위부터 시계 방향: 버드레이 바베르톤 마을을 그린 앤드루 윌리엄슨의 콘셉트 아트 두 점.
〈해리 포터와 혼혈 왕자〉의 덤블도어 교수와 호레이스 슬러그혼.
누군가 침입한 흔적을 보여주는 흩어지고 깨진 소품들.
의자를 덮은 천은 슬러그혼의 잠옷 천으로도 쓰였다.

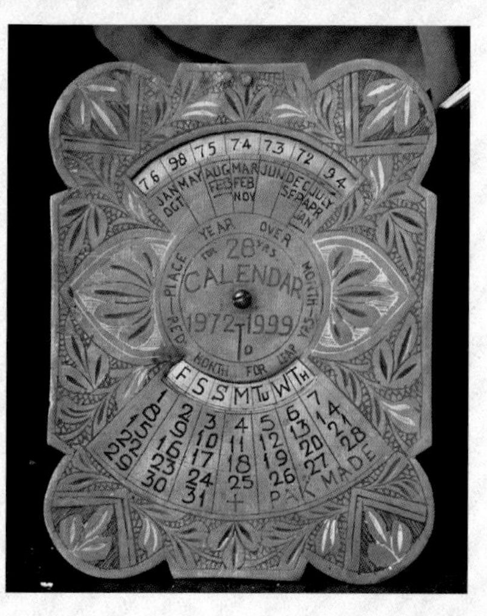

사용자: 톰 리들, 코올 부인

촬영 장소: 리브스덴 스튜디오

등장: 〈해리 포터와 혼혈 왕자〉

울스 고아원

경험 많은 프로덕션 디자이너 스튜어트 크레이그는 때로 전혀 생각지도 않던 곳에서 아이디어를 얻는다. 〈해리 포터와 혼혈 왕자〉에서 펜시브 기억을 통해 톰 리들의 과거 장면이 등장하기 때문에 크레이그는 톰 리들이 어린 시절을 보낸 울스 고아원을 만들어야 했다. "아이디어는 곧바로 떠오르기도 하지만, 참고 자료를 보다가 또는 실제로 촬영 장소를 탐색하는 중에 떠오르는 경우가 더 많아요. 어쨌거나 그동안의 경험을 통해서 어떤 것도 그냥 지나쳐서는 안 된다는 사실을 잘 알죠. 어디서 무엇을 얻을지 모르니까요." 그때 크레이그는 강변 공업 도시에 자리한 세베루스 스네이프의 집 스피너즈 엔드가 될 만한 장소를 찾고 있었다. 크레이그는 다음과 같이 회고한다. "우리가 간 곳은 리버풀의 버려진 옛 부두였는데, 우연히 특이한 빅토리아 시대 건물이 보여서 사진을 찍었어요. 아주 높이 솟은 거대한 붉은 벽돌 건물이 주변을 압도하고 있었죠. 건물의 중앙 탑은 거석 같았어요. 특이한 건축물이었죠. 고아원으로는 전혀 어울리지 않았지만, 그래도 디자인 아이디어를 주었어요."

울스 고아원은 리버풀이 아닌 런던에 위치한다. "우리에게는 그리몰드 광장 12번지를 위해 만든 런던 거리가 있었는데, 그것을 개조해서 다른 건물을 넣었어요. 약간 낡은 조지풍 거리 끝에 음울하고 불길하고 감옥 같은 건물을 세웠죠." 고아원 내부에는 광택 나는 빅토리아풍 타일을 깔았다. 크레이그가 설명한다. "빅토리아 시대의 시설들에는 그런 타일이 흔해요. 오래가고 청소하기 쉽거든요." 톰의 방에 가려면 삭막하고 엄격한 분위기의 긴 계단과 복도들을 지나야 했다. 크레이그는 "두드러지게 억압적인 모습"이라고 말한다. "행복한 장소는 절대 아니죠."

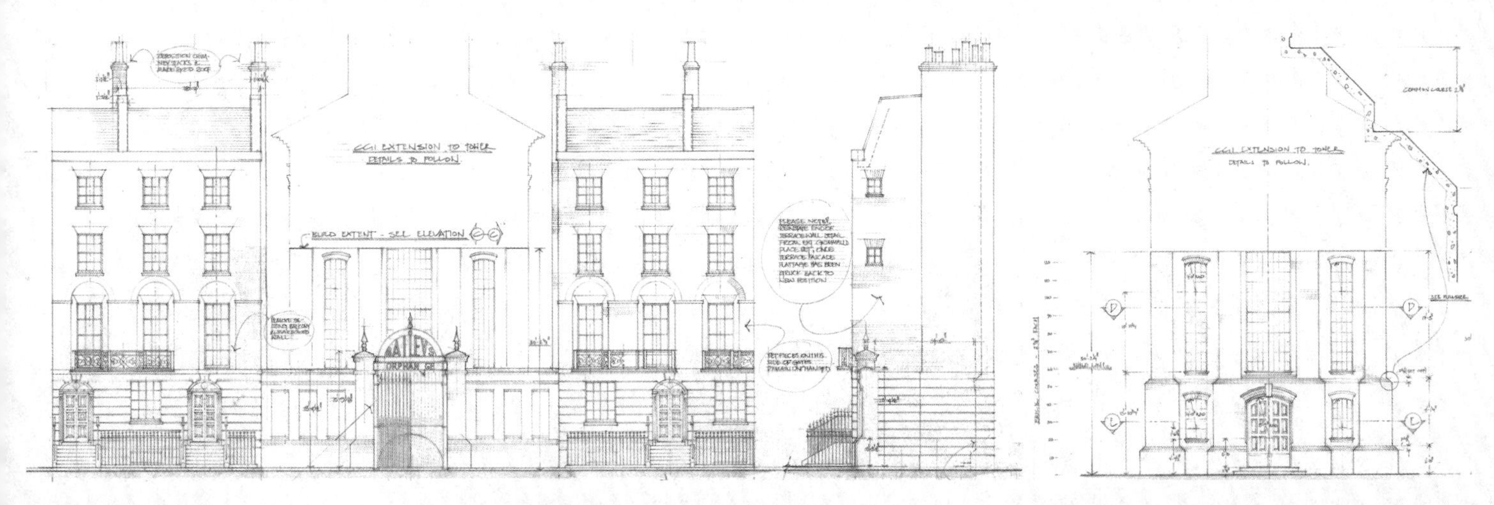

양쪽, 왼쪽 위부터 시계 방향: 울스 고아원 앞길 콘셉트 아트(앤드루 윌리엄슨).
고아원 전면 설계도.
〈해리 포터와 혼혈 왕자〉에서 젊은 덤블도어 교수(마이클 갬번)가 고아원의 톰 리들(히어로 파인스-티핀)을 찾아온 장면.
톰 리들의 방으로 올라가는 덤블도어 교수 콘셉트 아트.
고아원 초기 스케치(스튜어트 크레이그).

"톰, 손님 오셨다."

코울 부인, 〈해리 포터와 혼혈 왕자〉

"케드릭, 컵을 잡아. 빨리!"

해리 포터, 〈해리 포터와 불의 잔〉

리틀 행글턴

〈해리 포터와 불의 잔〉에서 트리위저드 시합 막바지에 호그와트의 두 챔피언 해리 포터와 케드릭 디고리는 볼드모트와 피터 페티그루가 장치해놓은 덫에 걸려 리들 가족이 묻힌 묘지로 순간 이동한다. 스튜어트 크레이그가 말한다. "이 장면은 큰 묘지에서 펼쳐지죠. 이 세트는 아주 중요했고, 결국 시리즈 전체에서도 손꼽힐 만큼 큰 세트가 됐어요." 그 장면의 배경은 사방에 비석과 조각상이 흩어진 작은 언덕이 되어야 했는데, 그런 풍경은 만들기가 쉽지 않았다. 리틀 행글턴 묘지는 또 아주 오래된 곳이어야 했기에, 크레이그는 허물어지고 풀에 덮인 모습으로 그런 느낌을 불러일으키고자 했다. "기본적으로 썩고 무너지는 장소예요. 런던 북부 하이게이트 묘지에서 아이디어를 얻었죠. 어떤 의미에서 보면 이미 자연으로 돌아간 곳이잖아요." 1839년에 지은 하이게이트 묘지에 심긴 꽃과 나무 들은 아무도 돌보지 않아 멋대로 자라 있다.

세트는 섬뜩한 조명과 묘지의 인공 안개를 조절하기 위해 실내에 지어졌다. 크레이그가 웃으며 말한다. "실내는 안개를 가둘 수 있어서 아주 실용적이에요. 바깥에서는 바람 한 번만 불어도 안개가 다 날아갈 수 있거든요." 또 다른 실용적인 장점은 밤 장면을 낮에 찍을 수 있다는 것이었다. 제작진은 그렇게 해서 어린 배우들의 야간 촬영 제약에서 벗어날 수 있었다. 바닥에는 살아 있는 풀을 깔고, 세트에는 이끼 낀 거대한 비석을 채웠다. 일부 비석에는 스태프들의 반려동물 이름이 적혔다. 해리를 옭아매는 리들 무덤의 석상은 처음에는 하이게이트 묘지의 석상들과 비슷한 아름다운 천사의 모습으로 디자인했지만, 무덤 주인의 성격을 반영해 '죽음의 천사'로 바꾸었다.

사용자: 리들 가족

세트 아이디어:
영국 런던 하이게이트 묘지

등장: 〈해리 포터와 불의 잔〉

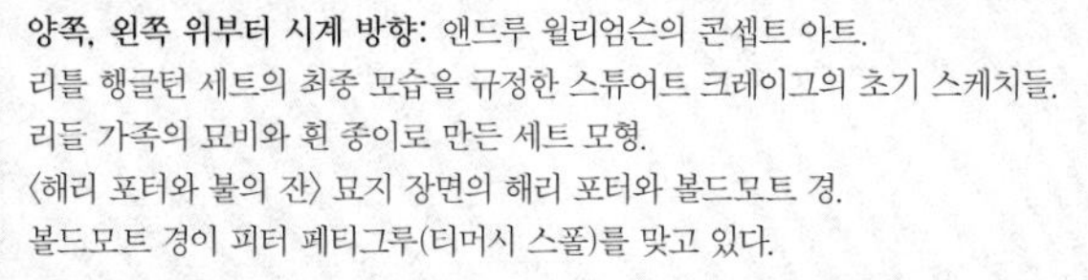

양쪽, 왼쪽 위부터 시계 방향: 앤드루 윌리엄슨의 콘셉트 아트.
리틀 행글턴 세트의 최종 모습을 규정한 스튜어트 크레이그의 초기 스케치들.
리들 가족의 묘비와 흰 종이로 만든 세트 모형.
〈해리 포터와 불의 잔〉 묘지 장면의 해리 포터와 볼드모트 경.
볼드모트 경이 피터 페티그루(디머시 스폴)를 맞고 있다.

말포이 저택

말포이 저택은 순혈 마법사 말포이 가문의 유서 깊은 대저택이다. 〈해리 포터와 죽음의 성물 1부〉에서 볼드모트 경은 이 집을 세력이 커져가는 자신의 군대 기지로 삼는다. 영화 속 장면들은 두 개의 대형 세트에서 촬영되었다. 스튜어트 크레이그는 그만한 세트를 지으려면 얼마나 넓은 장소가 필요할지 생각해 보았다. "저택의 1층 현관홀과 2층 대형 거실은 호화로운 계단으로 연결되어 있어요. 먼저 겉모습을 결정하고 그걸 토대로 내부를 만들기로 했죠." 그와 스테파니 맥밀란은 예전부터 엘리자베스 시대인 1590년에 지어진, 출신은 보잘것없지만 강인한 성품과 네 번의 결혼으로 큰 재산을 모은 하드윅의 베스가 지은 하드윅 홀이라는 건물을 좋아했다. 하드윅 홀은 하드윅의 베스가 "벽보다 유리가 더 많은" 건물을 짓겠다고 단언하며 설계한 것으로 알려져 있다. 크레이그가 말한다. "건물 정면에 대

"자넨 어때, 루시우스?"

볼드모트 경, 〈해리 포터와 죽음의 성물 1부〉

형 창문이 가득해요. 그래서 건물 안쪽이 어두우면 신비감과 위협감과 마법적인 느낌이 들죠. 그러니까 거대한 유리창 안쪽으로 어둠밖에 보이지 않으면요." 크레이그는 그 시절 부의 상징이었던 하드윅 홀의 유리창이 마음에 들었지만, 지붕은 그렇지 않았다. "그래서 지붕을 마법 세계의 일부처럼 만들었어요. 말포이 저택의 첨탑은 호그와트의 첨탑들하고도 연결되지만, 그러면서도 불길한 느낌을 주죠. 저는 완성된 실루엣이 아주 근사하다고 생각했어요. 때로는 단순히 다르게 하기 위해 다르게 만드는 것도 좋죠." 크레이그는 창문 안을 캄캄하게 하거나 덧창을 닫은 콘셉트 아트를 만들었다. "그러니까 이 건물은 건물의 눈인 창문이 이렇게 거대하지만 아무것도 보이지 않아요. 스네이프가 전면 진입로를 통해 정문에 다가갈 때 드러나는 집 외관의 첫인상이 아주 강렬하다고 생각했어요."

내부도 똑같은 건축 방식을 따랐다. "아주 강력한 스타일이에요. 우리는 일부러 묵직한 디자인을 선택했어요. 말포이가 얼마나 부자인지는 모르겠지만 어쨌건 그는 중요 인물이고 악당이에요. 건물도 그 점을 반영해서 크고 불길하게 만들었죠." 계단이 2층으로 올라가지만, 그곳에 방은 하나뿐이다. 크레이그가 말한다. "거기에는 문도 없어요. 양옆으로 갈라진 대형 계단이 그냥 이 방으로 이어지죠. 다른 데로 나가는 문도 없고

아래, 옆쪽: 말포이 저택의 정문과 외딴 환경을 보여주는 닉 헨더슨의 콘셉트 아트.

사용자: 루시우스 말포이, 나시사 말포이, 드레이코 말포이, 볼드모트, 죽음을 먹는 자들

세트 모델:
영국 더비셔주 하드윅 홀

등장:
〈해리 포터와 죽음의 성물 1부〉
〈해리 포터와 죽음의 성물 2부〉

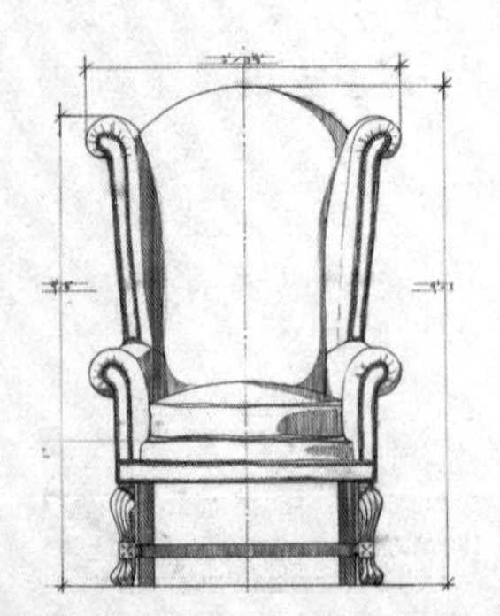

요." 이런 구조는 이야기에 따른 것이다. "헤르미온느가 그 2층 방에서 벨라트릭스에게 고문 받으며 비명 지를 때, 그 소리가 집 아래쪽에도 들려야 했어요. 소리를 가로막는 방해물이 있으면 안 됐죠. 그곳이 계단과 연결된 중요하고도 유일한 공간이 되어야 했어요." 크레이그의 표현에 의하면 덕분에 다행히, 아니면 불행히 "일단 올라가면 갇힐 수밖에 없다!"

볼드모트가 추종자들을 만나는 방은 높은 천장과 커다란 샹들리에 등으로 분위기를 과장했다. 미술 감독 해티 스토리는 다섯 개의 샹들리에를 결합해서 샹들리에 디자인을 만들었다. 샹들리에의 유리 방울들은 도비가 그것을 떨어뜨릴 때 통제된 방식으로 박살난다. 벽난로는 두드러지게 크고, 방 가운데에는 웅장한 테이블이 있다. 스테파니 맥밀란이 말한다. "우리는 말포이 저택에 놓기 위해 10미터가량의 테이블을 만들었어요. 그리고 목공소에서 제작한 제임스풍 의자 서른 개를 거기 둘러놓았죠." 테이블은 촬영 편의를 위해 두 부분으로 분리할 수 있었다. 스튜어트 크레이그는 "촬영이 끝나면 사람들이 집에 가져가고 싶어 할 소품과 가구가 많았지만, 그 테이블은 너무 육중했"다고 말한다. "아마 어디로도 옮길 수 없었을 거예요."

양쪽, 왼쪽 위부터 시계 방향: 채러티 벌베이지가 죽음을 먹는 자들의 회의에서 천장에 매달린 모습 콘셉트 아트(앤드루 윌리엄슨).
말포이 저택의 지하실.
〈해리 포터와 죽음의 성물 1부〉 말포이 저택 세트에 서 있는 데이비드 예이츠 감독.
저택의 안락의자 도면(해티 스토리).

사용자: 세베루스 스네이프, 피터 페티그루

촬영 장소: 리브스덴 스튜디오

등장: 〈해리 포터와 혼혈 왕자〉

스피너즈 엔드

〈해리 포터와 혼혈 왕자〉 초반에 나시사 말포이와 벨라트릭스 레스트랭 자매는 세베루스 스네이프의 집인 스피너즈 엔드를 찾아간다. 삭막한 사각형 벽돌 건물들로 꽉 찬 공장 도시에 자리 잡은 스피너즈 엔드는 쓸쓸하고 숨 막힐 듯 답답한 집이다. "면직물 공업으로 유명한 랭커셔와 모직물 공업의 요크셔는 19세기 영국 섬유 산업의 중심지들이죠. 우리는 거기 가서 집들을 살펴봤어요. 서로 총총 포개진 채 끝없이 펼쳐져 있었죠. 마법 세계와는 정반대였어요." 그 집들은 대부분 아래위층에 각각 방이 두 개씩 있고, 작은 뒷마당에 화장실이 있는 구조였다. 크레이그는 거기에서 현지 촬영을 할까 생각도 해보았지만, 건물 자체는 그대로라도 실내에 현대식 부엌과 플라스틱 설비들이 있어서 결국 촬영장에 세트를 지어야 했다.

스테파니 맥밀란은 수수께끼와 비밀에 싸인 집주인을 생각하며 스피너즈 엔드의 실내를 꾸몄다. "책에 스네이프의 집, 그러니까 그의 부모님의 집은 책으로 가득 찼다고 되어 있어서 사방에 책을 넣었어요. 별 특징이 없어 보이도록 대개 진갈색, 파란색, 검은색 표지 책들로 채웠죠." 맥밀란은 그 방에 회색 풍경화들을 넣었다. 그런데 방이 완성되자 앨런 릭먼이 맥밀란에게 한 가지 깨달음을 주었다. "그가 세트에 들어와서 내가 꾸민 장식을 보더니, 방에 그림은 어울리지 않는 것 같다고 말했어요. 나는 그 말에 동의하고 그림을 전부 없앴죠. 그러자 더욱 몰개성하고 스네이프의 성격처럼 약간 냉랭한 분위기가 완성됐어요."

양쪽, 왼쪽 위부터 시계 방향: 나시사 말포이(헬렌 매크로리)와 벨라트릭스 레스트랭이 스피너즈 엔드가 자리한 공업 도시로 향하는 장면 콘셉트 아트(앤드루 윌리엄슨). 영화에는 등장하지 않았다.
〈해리 포터와 혼혈 왕자〉의 세베루스 스네이프(앨런 릭먼).
스튜어트 크레이그의 사전 스케치.

"내려놔, 벨라트릭스. 네 게 아니잖아."

스네이프 교수, 〈해리 포터와 혼혈 왕자〉

버로우

해리는 〈해리 포터와 비밀의 방〉에서 처음으로 위즐리 가족의 집인 버로우를 방문한다. 버로우는 아무렇게나 지은 것 같은 모습이지만, 스튜어트 크레이그는 거기에도 나름의 합리성과 현실성이 있다고 말한다. "책에는 그 집에 돼지우리가 있다고 나와요. 그래서 단순한 튜더풍 단층집에 돼지우리를 붙였죠. 이것이 전체의 토대가 되었어요." 크레이그는 아서 위즐리가 집을 증축할 때 옆이 아닌 위로 늘리고, 그가 머글 물건에 관심이 많기 때문에 건축 폐품을 사용해서 지었을 거라고 생각했다. "정확히 말하면 머글의 폐품이죠. 그러니까 그 집은 어수선한 마법사 집이지만 현실에서 흔히 구할 수 있는 재료로 지어졌어요. 지붕 골조는 버린 목재로 만들고 지붕재는 슬레이트, 타일, 나무널 등 구할 수 있는 것이라면 아무것이나 다 써서 덮었죠. 신기하게 생긴 굴뚝이 그 중심에 솟아 있고, 증축한 방들이 거기 매달려서 수직 더미를 이뤄요." 그리고 그는 평지에 수직 구조를 세워야 한다고 생각했다. "우리는 도싯주 체실 비치 근처의 아름다운 습지를 방문한 뒤에 그곳의 풍경과 이 세트를 결합하기로 했어요. 이 집은 그 장면의 유일한 수직 물체라서 시각적으로 흥미로웠죠." 버로우를 습지에 위치시키자 크레이그의 생각대로 머글들의 눈에 띄지 않는 외딴 곳에 자리한 분위기가 났다.

사용자: 아서·몰리·빌·찰리·퍼시·프레드·조지·론·지니 위즐리

촬영 장소: 잉글랜드 도싯주 체실 비치, 리브스덴 스튜디오

등장: 〈해리 포터와 비밀의 방〉 〈해리 포터와 불의 잔〉 〈해리 포터와 혼혈 왕자〉 〈해리 포터와 죽음의 성물 1부〉

옆쪽: 〈해리 포터와 비밀의 방〉에서 포드 앵글리아가 하늘을 날아서 버로우에 도착하는 장면 콘셉트 아트.
위: 버로우의 식당에는 흙색 계통 색조를 썼다.
아래: 리브스덴 스튜디오 인근 들판에 위치시킨 버로우 스케치.

버로우의 실내 역시 비슷한 방식으로 디자인했다. 스테파니 맥밀란은 그 안에 서로 잘 어울리지 않는 여러 물건과 장식품을 놓았다. 맥밀란이 말한다. "계단은 세 칸마다 다른 카펫을 놓았어요. 문과 창문도 똑같은 것이 없었죠. 중고 상점이나 알뜰 상점에서 사거나 길에서 주운 물건들을 사용했는데, 상당수는 아서 위즐리가 마법부에서 일하며 손에 넣은 것이라고 생각했어요. 새것은 없었죠." 벽에는 미술 팀원의 자녀들이 그린 그림이 붙었다. 중심 색조는 빨간 머리 위즐리 가족이 가장 좋아하는 붉은색과 주황색이었다. 맥밀란은 몰리 위즐리의 뜨개질 취미까지 고려해 편물 기술자를 불러다가 매트리스 패드와 찻주전자 커버를 뜨게 하고, 〈불의 잔〉에서는 론을 위한 특별 물건도 만들게 했다. "셜리 랭카스터는 처들리라는 이름을 새긴 커다란 주황색 이불을 떴어요. 론이 가장 좋아하는 퀴디치 팀이 처들리 캐넌스이기 때문이죠. 그리고 거기에 하늘을 나는 퀴디치 선수의 멋진 모습도 넣었어요."

해리는 〈불의 잔〉에서 다시 버로우에서 하룻밤을 자고, 〈혼혈 왕자〉에서는 위즐리 가족과 함께 크리스마스를 보낸다. 그들은 거기서 죽음을 먹는 자들의 공격을 피하지만 집이 불타고 만다. 특수 효과 스태프들은 버로우의 모형을 만들어서 단계적으로 불태웠다. 그 결과 〈죽음의 성물 1부〉에서 스튜어트 크레이그와 스테파니 맥밀란은 위즐리 집을 새롭게 만들어야 했다. 크레이그가 말한다. "그 집은 새 목재를 쓰고 새로 페인트를 칠해서 전만큼 이상해 보이지는 않아요. …… 하지만 큰 차이는 없어요. 실내가 좀 더 현대적이고 덜 어수선하죠. 아이들이 이제 청소년 또는 그 이상이 되었으니까요." 맥밀란이 덧붙인다. "불탄 목재를 가린 것처럼 보이도록 바닥에 흰 석회를 칠했어요. 그리고 가구를 전부 바꿨죠. 커다란 괘종시계도요." 다행히 몇 점은 살아남았다. 맥밀란은 부엌의 커다란 도마와 싱크대, 주물 스토브가 화재를 이기고 살아남았다고 결정했다. "다른 것은 모두 새것이지만, 그래도 여전히 위즐리 가족 스타일이에요. 새로 고치면서 전과 똑같은 느낌을 주는 것이 쉽지는 않았지만 어쨌건 재미있었어요."

〈죽음의 성물 1부〉 도입부에서는 위즐리가의 장남 빌과 트리위저드 시합 보바통 챔피언 플뢰르 델라쿠르의 결혼식이 열려 가족과 친지가 모두 모인다. 크레이그가 설명한다. "결혼 피로연

을 텐트에서 여는 일은 흔하지만, 우리는 결혼식 자체를 텐트에서 치르기로 했어요. 그래서 텐트를 위즐리 집의 연장으로 생각해야 할지 고민했죠. 그 집과 똑같은 괴상함, 색채, 어설픈 수제 느낌을 담을지 아니면 전혀 다른 분위기로 만들지를요." 스테파니 맥밀란은 창고에 있는 텐트 가운데 버킹엄 궁전 원유회에서 사용된 적이 있는 것을 쓰자고 제안했다. "지붕이 뾰족하고 녹색과 미색 줄무늬에 가장자리가 부채 모양으로 장식된 텐트죠." 하지만 데이비드 예이츠 감독이 수수한 색깔을 선호해서 겉은 연회색, 안은 보라색인 텐트로 결정되었다. 일단 이렇게 정해지자 결혼식 디자인에 대한 아이디어들이 이어졌다. 크레이그가 말한다. "우리는 플뢰르 델라쿠르의 부모님 취향이 결혼식에 크게 반영됐다고 설정했어요. 델라쿠르 씨가 신부의 아버지로서 결혼식 비용을 대고, 그에 따라 식을 프랑스풍으로 꾸미는 일은 얼마든지 가능하니까요. 우리는 그 생각을 밀고 나가서, 그림 그린 실크를 사용해 18세기 프랑스풍 장식 촛대들이 공중을 떠다니는 세련되고 부드러운 실내를 만들었죠. 그 우아한 분위기는 위즐리 가족과 동떨어져 보이고, 그들의 집과 유쾌한 대조를 이뤄요." 크리스마스 무도회에서 은색이 연회장을 감싼 것처럼 결혼식 텐트의 꽃, 식탁보, 카펫이 보라색에 휘감겼다. 텐트는 파키스탄에서 제조된 범포 비슷한 불연성 천으로, 그 가장자리에 진보라색 프랑스풍 문양을 새긴 보라색 인도 실크를 댔다. 맥밀란은 "마법사 느낌의" 검은 인조 대나무 의자들을 구했고, 시각 효과 팀은 텐트 폴대 주변에 검은 나비들이 날아다니는 모습을 만들었다. 결혼식 손님의 수는 처음부터 중요한 고려 대상이었다. "우리는 초기에 좌석 배치를 했어요. 위즐리 가족이 큰 원탁에 앉고, 델라쿠르 가족이 또 다른 큰 원탁에 앉았죠. 다른 테이블은 6명씩 앉았어요. 모두 합해서 130명 정도였을 거예요." 맥밀란은 "스트레스가 너무 많았다!"고 토로하며, 앞으로는 결혼식 디자인을 하고 싶지 않다고 말했다.

소품 팀은 고무 받침에 얹은 인조 조각 케이크, 소형 케이크, 초콜릿 에클레어 4000개를 공급했다. 피로연장에 죽음을 먹는 자들이 침입해서 모든 것을 휘날리기 때문에 금속이나 유리는 쓸 수 없었다. 4층짜리 웨딩 케이크 아이싱에는 18세기 프랑스 정원의 철망 아치를 본뜬 '트레이야주' 디자인을 넣었다.

〈해리 포터〉 시리즈는 마법 텐트부터 사탕 가게, 마법약 교실, 숨어 있는 집, 사냥터지기의 오두막에 이르는 다양한 종류의 세트를 총 600개 가까이 제작했다. 크레이그는 "각 편마다 완전히 새로운 세트와 소품들이 필요했"다고 회상한다. "끊임없이 새로운 작업을 해야 했지만 그게 바로 이 작업의 매력이죠."

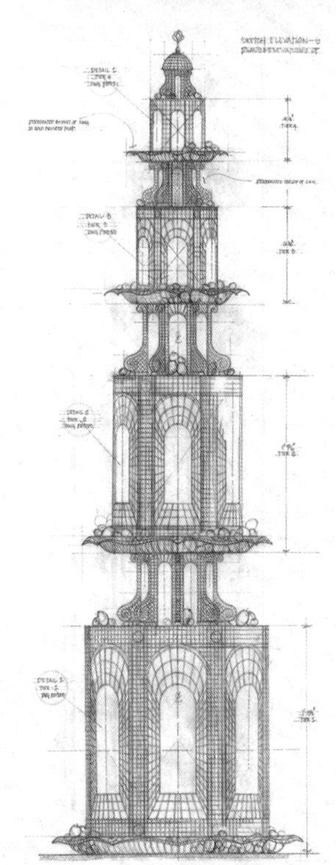

양쪽, 왼쪽 위부터 시계 방향:
식구들 한 명 한 명을 가리키는 위즐리 가족의 시계.
화려한 프랑스풍 결혼식 텐트를 보여주는 앤드루 윌리엄슨의 그림.
〈해리 포터와 죽음의 성물 1부〉를 위해 만든 세트 모습.
화려한 웨딩 케이크 도면(에마 베인).
처들리 캐넌스를 응원하는 손뜨개 이불(셜리 랭카스터).

"아늑한데?"

해리 포터, 〈해리 포터와 비밀의 방〉

고인을 기리며

〈해리 포터〉 영화 여덟 편 모두에서 세트 장식가로 활약한 스테파니 맥밀란은 2013년 8월에 세상을 떠났다. 맥밀란은 이 영화들의 작업으로 아카데미상 네 개 부분과 BAFTA(영국 아카데미 영화상) 세 개 부문에 스튜어트 크레이그와 함께 공동 후보로 올랐다. 맥밀란은 "〈해리 포터〉를 통해서 그래픽, 시각 효과, 소품 제작 등 모든 면에서 최고의 사람들과 함께 일하다 보니 불가능이란 없었습니다. 이 크고 멋진 세트들을 장식할 기회를 얻은 것은 제게 큰 행운이었습니다"라고 소감을 밝혔다. 스테파니 맥밀란이 호그와트의 편지를 받은 일은 팬들에게는 더욱 큰 행운이었다. 우리는 그녀가 〈해리 포터〉 시리즈에 이룬 마법을 잊지 않을 것이다.

Harry Potter Magical Places

First published in Korea in 2018 by Moonhak Soochup Publishing Co., Ltd.
Published by arrangement with Insight Editions through Orange Agency.

이 책의 한국어판은 오렌지에이전시를 통해 저작권사와 독점 계약한 ㈜문학수첩에서 2018년 출간되었습니다.

해리 포터 마법 장소 금고

초판 1쇄 인쇄 2018년 10월 10일
초판 1쇄 발행 2018년 10월 31일

지은이 | 조디 리벤슨
옮긴이 | 고정아
발행인 | 강봉자·김은경
펴낸곳 | (주)문학수첩
주 소 | 경기도 파주시 회동길 192(문발동 513-10)
전 화 | 031-955-4445(대표번호), 4500(편집부)
팩 스 | 031-955-4455
등 록 | 1991년 11월 27일 제16-482호

홈페이지 | www.moonhak.co.kr
블로그 | blog.naver.com/moonhak91
이메일 | moonhak@moonhak.co.kr

ISBN 978-89-8392-715-6 03840

이 도서의 국립중앙도서관 출판예정도서목록(CIP)은 서지정보유통지원시스템 홈페이지(http://seoji.nl.go.kr)와 국가자료공동목록시스템(http://www.nl.go.kr/kolisnet)에서 이용하실 수 있습니다.(CIP제어번호: CIP2018024919)

*파본은 구매처에서 바꾸어 드립니다.